白鲸文丛

"白鲸文丛"编辑委员会

西　渡　敬文东

张桃洲　吴情水

总策划：吴情水

天使之箭

Arrows

from

an Angel

西渡 —— 著

上海教育出版社

自序

2010年11月,我在《鸟语林》的后记中信誓旦旦地说:"希望下一个十年我可以写得更多一点。"从那会儿算起,到现在整八年了,但是我并没有如自己所愿写得更多一点,有几年实际上写得更少了。就在2010年,经不住友人诱劝,我以超过不惑之年重新到学校回炉。我没料到,这一"回炉"就是五年,更没料到读书期间几乎跟写诗这件事完全断了缘。这几年中,我写过的全部诗作不超过个位数。这本诗集收入2010年的诗7首,但都写于这年入学之前;收入2011年1首、2012年1首、2013年2首、2014年1首——这几乎就是我在"回炉"期间写作上的全部成绩。要是事先知道这个结果,我不知道自己还有没有决心二次迈入校门。2015年结束这一段漫长的学业,我才渐渐恢复写诗。事实上,收入这个集子的诗大多写于2015年9月到2017年底这两年多的时间。2018年工作变动以后,因为要适应新的环境,写诗又少了,但好歹还利用暑假时间写了一点,本书收了其中12首,勉强比2010到2014年那几年强一点。

本书分为三辑。第一辑收2010至2018年短诗97首,辑内按写作时间排序。第二辑收三个组诗,合计27首,也按写作时间分列先后。第三辑为"截句"102首。这组东西本来是应蒋一谈兄之约稿而写,蒋兄当时正倡导"截句",主持出版了一大套"截句"集,计划出第二套,并向多位朋友约了稿。我很郑重地当个事来做。但等我如约写完的时候,蒋兄却闭关去了,很长时间毫无消息。等蒋兄结束闭关,也不再提这事,估计那一大套"截句"市场反响难如所愿,这第二套的计划也就泡汤了。虽然蒋兄不要这些东西了,我自己当然还要敝帚自珍,故权收于此,也算给当时付出的心血一个交代。

我这些年写过的诗当然比收在这里的要多一些。出于不同的理由,我在之前已经编就的一个集子基础上,剔除了一部分诗作,有些诗的剔除让我如释重负,有些诗的剔除则私心还不免有些割舍不下。但限于目前的条件,也只好如此了。希望以后可以给那些也许还有点价值的小东西一个适当的归宿。

我曾经相信易卜生的话"最孤独的人最有力量",把自己置于世界的反面,把诗歌理解为说"不"的力量。世界当然有很大的问题,诗歌也要说"不"。事实上,现代诗歌自波德莱尔以来一直在说"不",这是一个光荣的传统。但是就其源头而言,诗歌是作为"是"的力量与人类发生关联的,用骆一禾的话说,它是"创世的'是'字"。这个"是"是对世界的肯定和赞颂,是"我"与世界的合体与重新合体。用文学的语言说,"是"才是可供我们栖居的心愿之乡。人只有居于"是",才能居于世界。居于"不"的人们,只能是永远的漂泊者。从另一方面讲,诗歌的"不"也必以这个"是"为基础。没有"是"为指归的"不",是没有准星的枪,没有方向盘的车,是没有心的身。近十年来,我在一些场合反复谈到建立一种"幸福的诗学"的可能性,但应者寥寥,反对者倒颇不少。在一种现代性的评判标准中,诅咒被认为是一种高于赞颂的行动,恨也比爱更有力量。张枣的话很典型:"谁相信人间有什么幸福可言,谁就是原始人。"张枣的道理,我完全理解,世界如此不堪,诗人乃不得不和痛苦同卧同起。但我不同意张枣由此延伸出的对诗人和世界关系的认知。在张枣看来，我们和世界的关系，就像一场不幸的婚姻，而且没有任何摆脱的希望。我以为，这种认知某种程度上恰是现代诗人或现代知识者的一种自欺，它把一种现代性的现象固化了，而且本质化了。但生命是一种先于现代，也长于现代的事实。生命就是"是"本身，活着就是"是"本身。站在"是"的反面，也就是站在生命的反面，也就是站在诗的反面——诗是生命的同义语，而不是死亡的同义语。海子被认为是一个迷恋死亡、赞颂死亡的诗人，但他的诗并不迷恋死亡，也不赞颂死亡。他说："我必将失败，但诗歌本身以太阳必将胜利。"在海子的例子中，可以说诗以其"是"的力量反对了诗人的"不"。实际上，张枣的诗也反对了他自己。张枣诗中最迷人之处并不是它对世界的诅咒、恨，或者张枣作为诗人对这个世界的厌烦，他的颓废，他的厌倦，而是它展现了一种幸福的可能。张枣诗歌中那个温柔的声音，其引人向往之处正是来自幸福本身，用他自己的话说，是汉语的"甜"本身。有迷恋死亡、赞颂死亡的诗人，但没有迷恋死亡、赞颂死亡的诗。诗是对生活的渴望，这种渴望的力量是赞颂的力量。生活所赖于建立的东西才是生活的真实。诅咒不能建立生活,唯有赞颂建立生活。这是从太阳中取出火和光的力量,也是在地狱的寒冰中依然坚持信仰太阳和光明的力量。这是确信"诗以太阳必将胜利"的力量。诗人或许失败,但诗本身必将胜利,因为诗和生命,和太阳在一起。

以上算是我对多年写作经历的一个反思和辩解。此外,我想在这里就《故园,心史》《返魂香》两个组诗再啰嗦几句。这两个组诗原本都是计划写一本诗集的,也有大致的构想,但是俗务纷杂,看来一时还难以完成预想的目标,只好作为组诗暂收于此。这些东西,就题材而言,很容易被人认为是在向传统致敬和回归。它们当然是一种致敬,对那些曾经在历史上活过的人物和他们至今依然生机勃然的创造,但它们却不是回归。所谓回归,总是把传统和历史看作已经过去了、固化了的东西。但对我来说,它们更多的是一种现实,依然活生生的现实。苏轼或者杜甫,陶渊明或者李商隐,对我并不比郭沫若、艾青、穆旦更缺少现实,当然也不比惠特曼、埃利蒂斯、米沃什更现实。过去强有力的诗人,无论古今中外,都是人类心理的事实,创造的事实,也是我们面临的最重要的现实之一。或者说,无论在我们和陶渊明、杜甫、李商隐、苏轼之间,还是在我们和惠特曼、埃利蒂斯、米沃什之间,同样存在一种神秘的诗歌友谊,这种友谊激励我们,就像我们从当代诗人的友谊中得到激励一样。这种友谊始终是一种活的情谊,据此,"四海之内皆兄弟"这句话,或应改成"宇宙之内皆兄弟"——《淮南子》说"往古来今谓之宙,四方上下谓之宇",中国人的宇宙观一直是包括了时间之维的。我要强调的是,我试图在这些诗里达到的和其他看起来更"现实"的诗作并无不同,那就是对人与世界的理解和对人、语言的创造可能的接近。对于古典诗歌作为一个"整体"的传统,我有自己的保留意见。《返魂香》中的一部分曾应诗人张耳之约在"纽约诗刊"公号发布过。当时曾为这些诗写过一个说明,现在大致也还能代表我的意见,不妨抄录如下:

古典诗歌有点类似在画上作画,一层层的油彩叠加,看起来斑斓极了,绚烂极了,但是画者的本意也在层层叠加的油彩中掩蔽了,失落了。词的情况尤其如此。这些以词牌为题的诗,也许有人会认为我是在向古典诗歌致敬,其实我是在寻回那个失去的、被掩蔽的东西。向古典诗歌致敬的诗人已经太多了,多一个或少一个,对古典诗歌都无所损益。我要做的是,揭开、刮去那层层的油彩,回到音乐最初被发明的那一刻,呈现那一刻的生命的知觉和感动,再现那一刻的完整的心。而那一刻也就是此刻,你我所在的此刻。此刻的心古今相通,而那些不断附丽、增饰的油彩则是多余的。是的,只有此刻,才是源头,才是真正的诗。如果你认为我是在做一件不可能的事,那么,我也可以说我在做的事是一种发明。

在这些诗里,我的语言、形式、想象都是自由的。因为只有依靠自由,我们才能接近那个真正的源泉。

此外的话都在诗里了。就此打住。

西渡
2018 年 12 月 7 日

目录

1 自序

1 **第一辑 短诗**

3 天地间

5 拏云

7 靠近大海的午夜小径……

9 电线杆对杨树诉说柔情

11 剑

13 花粉之伤

15 天使之箭

17 迷津中的海棠

19 建筑家

21 蜘蛛人

23 你走到所有的意料之外

29 纪念大陆南端的一次旅途

31 足荣村之夜

33 茅荆坝之秋

35 祖父

39	乡村画家
42	纪念一位同伴
45	壶口
46	卖刀
50	野茫茫
53	同舟
55	星星锯开……
56	乌鸦
58	在海上
60	雪后山中访友
62	还乡
64	登仙姑山志感
67	山中笔记(一)
68	星际迷航
70	返魂香
71	德厚院
74	养老院
76	猫女
78	迁徙
80	卧佛
82	江上思
83	山中笔记(二)
84	龙舟
86	布谷鸟

87	黑寡妇如何杀死她的伴侣
89	禁飞期
91	任我飞
93	他出去痛哭……
95	枭语
98	"再不会有光了……"
100	鬼屋
102	鲁班术
104	树木
106	鬼打墙
107	祠堂
109	房屋
111	给飞翔的鸟儿一副口罩
113	再驳弗罗斯特
115	草莓田
117	蜜蜂
118	俄耳甫斯
119	照夜白
121	夏天
123	藜
124	2017年6月10日,毛州岛
127	美惠三女神
129	石头记
132	台风过境

133	顾城和多多
134	9月23日,南京
135	群山之心
137	南方的火车
139	中秋
141	闻俄罗斯科学家炸月计划有感
142	河上
144	相失
146	诗人的恋爱
147	戴望舒在萧红墓前
151	洪水
152	拟萧红答戴望舒
153	洗礼
154	多余的人,多余的生活
156	星空
157	东风夜
158	霜降
159	雨中的花园
161	秋天
162	琴师(一)
163	琴师(二)
164	棋手
165	自愿下地狱的母亲
167	橡皮山即景

169	峨堡城
171	思维佛
173	理查德·罗素
176	席地而坐的大象
178	当代英雄
180	天空之镜
181	八月之光
183	树林之歌
185	早晨的树林,黄昏的树林
187	论象征主义

189 第二辑　　组诗

191	无处不在的大海(组诗)
191	鸥鹭
193	文昌石头公园
194	淇水湾之夜
195	从铜鼓岭眺望大海
196	海洋之歌
197	无处不在的大海
199	鸥鸟的鸣叫永不疲倦
200	七个郑和
202	此刻,大海有光
203	群树婆娑
205	大海不断升高

206	故园,心史(组诗)
206	陶渊明
212	谢灵运
214	杜甫
219	李商隐
223	苏轼
227	高启
229	返魂香(组诗)
229	莺啼序
231	忆江南
233	鹊踏枝
235	鹊桥仙
237	祝英台近
239	临江仙
241	高山流水
243	浣溪沙
245	鱼游春水
246	河传

249	**第三辑**	**量沙集**
251	0~101	
285	附录:截句的可能	

第一辑

短诗

天地间

> 从北极星辰的台阶而下
> 到天文馆,直下人间
> ——骆一禾

滚石填塞去路。深深下降
然后以臂力攀升,如蚁影
在垂直天梯上匍匐、蜿蜒。
野花如雾,涌上我的热泪。

赤日蒸晒,峥嵘人间。
有纵横之健翮坠亡,顷刻间
被虫蚁食尽。石头扑向心,
气息崚嶒而凌厉。

于此人间,只有本身的血气
导我前行。在石头与石头间抉择
毋须顾虑,哪条路人迹更少:

"背向你的前人,也背向你的后人"①

下临无地。于苍莽古崖间

挥涕:永远握不住你的手。

天地无言,星斗如芒,恸哭而不能返。

这是人间。然而,也是我所爱的。

2010 年 3 月 12 日

---

① 出自骆一禾《沉思》。

挈云
——纪念骆一禾

把攀索系在云的悬案上。
议论远了。风声却越来越紧
你从大衣兜里翻出一枚鹰卵
摊开手,一只雏鹰穿云而去
证实你在山中停留的时间。
与我们不同的是,鸟儿生来便会
裁剪梦的锦被:那大花朵朵。
最难的是,无法对一人说出你的孤独。

贴紧天之蓝的皮肤,一丝丝地凉。
太阳盛大,道路笔直向上。
只有心跳在告诉血液:你不放弃。
这时候想起心爱的人,心是重的。
小心掉头,朝下看:视野内并无所见
除非云朵一阵阵下降
赶去做高原的雨。星星的谈话:
是关于灵魂出生的时刻。说,尚未到来。

银河上漂浮着空空的筏子。
人间的事愈是挂念
愈觉得亲切。胼胝是离你最近的
现实,也是你所热爱的。
泪水使心情晶莹;你一呼吸
就咽下一颗星星,直到通体透明
在夜空中为天文学勾勒出新的人形星座
闪闪发光,高于事物。

这是你布下的棋局,但远未下完。
你以你的重,你艰难的攀升
更新了人们关于高度的观念。
你攀附的悬岩,是冷的意志
黑暗,而且容易碎裂。
那个关于下坠的梦做了无数遍。
恐惧是真实的,而愿望同样真实。
最后的选择,几乎不成为选择:

抽去梯子,解开绳扣,飞行开始。

2010年3月23日

靠近大海的午夜小径……

在靠近大海的午夜小径上
南方的风一阵阵吹
翻弄你骄傲的黑头发。
古老生活的旋律,星的私语
在我们走过的幽暗拱桥上
又被秘密期待和倾听。
另一阵风吻醒你的肩窝,
在沙路上降落一串白色的光雨。

银河在解冻。像一只
纸扎的筏子,月亮在渡河。
这是不可测度的春之夜晚
黑松林雾茫茫的边沿
隔岸灯火,涌过忆念中
织女心头难以平抑的海中海。
在我们的漫步中
她的双唇掬起沉默之织锦。

冰和冰因接近而融化，
季节却无法宽容早年的苦难。
每一朵花，每一寸心
都曾是燃烧的灰烬，
而两颗相望的星仍在坚守。
你递给我的一支桨
像是命运委托的遗孤。
流在一起的泪，相握的手
为什么又在春风中猜想
两个解禁的命运

2010年3月24日

电线杆对杨树诉说柔情

蓝啊,这火焰的颜色
从天空滴到你的额上
从你的额滴到我的额

四月里最火的日子
你的生长越过我的
愿望,抚摸蓝的穹顶

一棵青草流出的血
一个和尚献出的精液
季节的桌子广阔无边

蓝啊,我多爱你这蓝色
你这笔直的轻盈
你的声音中的另一种蓝

穿越我空空的耳膜
迷乱我颤抖的心

僵直的命运阻止我

春天,我情愿奉献
因为你是光,我是影
你是燃烧,我是灰烬

          2010年4月29日

剑
——为敬文东而作

寒流不断
把长安的春天变成寒冷的走廊。
在走廊尽头,你端坐
抚摸七尺寒水举向长夜。

剑是长夜之伤
也是长夜之光。
你背剑下山的时候,
冬蛰的龙蛇在千里外惊叫。

我熟悉你精湛的剑术,
如你熟悉我多年积郁的恼恨。
伤和痛提醒我们活着的感觉,
而剑被迫清除世界的瘀血。

遥望人间稀疏的星光。
七尺之剑随心所往,

剑花如芒,剑气如虹,
而时代越来越深陷于自己的幻术。
有物倒于剑下,即有鬼魅之笑声
自身后响起。

你转身而面对无物。

剑是自己的光,
也是自己的冷。
黑暗如木,迎风生长。
孤独是你随身的另一把剑。
唯一的剑客在长夜中与自己作战。

出鞘之剑:
一个愤怒的哑巴
自焚的烈焰。

剑在血中吐出光明,长成你的骨头。

2010 年 5 月 6 日

花粉之伤

比默默无言的植物更脆弱。
最细小的事物给予我们
最大的伤害,春风的吹拂
让荏弱的心惊惧。
你用泪水,焦灼的呼吸,
躲避和挣扎,深处的痛和痒,
拒绝一点点投来的光,
拒绝空气中久久酝酿的回忆之甜。

回避花朵的光,也回避田埂上
青草的光。在窗帘后面走动和祈祷
用墨镜遮住泪水,一手搭着
另一手的脉,你和你的伤在一起,
和你永远忠诚的晦暗在一起,
"习惯了喑哑的生活,我无力
来到光中"。惯于负重的卑微的角色
无法适应突然到来的春天。

诗歌的女儿,世界伤害你
正如它一直伤害我;我的心上
痛着你的痛。"人们从不珍惜
一颗沉默的心灵。"仰望
星星哭泣的脸,四月的插秧客
在天空中找到藏身的走廊;你从
自己的泉源深深汲取,而我
从你的泪水中汲饮过悲伤。

一些秘密的颗粒使我们燃烧。
凭着这蚀骨之伤,我们在
故乡的窄路上艰难相认;凭着
一天比一天沉重的呼吸,一阵
比一阵猛烈的风,凭着即将
到来的沙暴,我们一起加入
众树的合唱——那摇撼众生的歌声
将把我们黯淡的生命转换为永久的赞美。

2010 年 5 月 10 日

天使之箭

假如有人正好在你面前落水,
你伸手还是袖手?可能的选择
与水性无关。或者你也落水
你帮助别人,将使你更快下沉;

你拒绝帮助别人,就有天使
从空中向你射箭。你要怎样行动?
或者再换一种情形,你救自己
就拖别人的后腿,否则灭顶;

救自己还是救你的邻人?
每天面临的选择考验着
脆弱的自我;所谓人的出生
也许就是被爱我们的所遗弃。

随时可死,却并非随时可生,
就是这原因让哈姆莱特的选择
变得艰难。这暂时的血肉之躯

我们加倍爱它的易于陨灭。

人生总由错误的选择构成,
而不选择是更大的错误。
学习生活,却难以重新
开始生活;告别永不再见。

上帝并非善心的父母,置我们
于生死的刀刃,观察我们受苦。
人间的情形从来不曾改善,
天神何尝听到你我的呼告?

魔鬼却一再诱惑我们的本性。
活着,就是挑战生存的意志;
这世界上,只有爱是一种发明,
教会我们选择,创造人的生活。

2010 年 5 月 23 日

迷津中的海棠

火焰为名的
烈日的女儿
在尘暴的祖国升起

冥河的波浪涉险而来
窃取烈日的火焰
一年一度涉险而来

在黑暗河畔
在黑暗家乡,以恋之名义
绽放钻石和马的火焰

海棠!青春的爱人
一年一度高举火焰

一夜风吹
一夜的尘暴席卷
一夜不眠的火焰!

青春即海棠!火焰即海棠!
"燃烧一分便是减少一分"①
一年一度照亮迷津黑暗

海棠,迷津之国唯一的火焰
在冥河波浪之上
高举落日之杯

迷津之国黑暗茫茫
海棠高举落日之杯
青春之血遍洒
英雄船长的日记!

迷津之国黑暗茫茫
海棠,火焰是唯一的渡船
西方的船长高举落日之杯
让我来到你的岸边

2011年4月16日

---

① 骆一禾诗《非人》:"你活着/是靠胸中的火焰/说出一分,便熄灭一分。"

建筑家
——为露西和米歇尔而作

米歇尔是个能干的家伙

在巨大而安静的车间

他每天组装一套家具

这些结实的、散发原木味道的家具

被他的老板销往世界各地

包括中国

米歇尔是个不安分的家伙

他不甘心做一个流水线工人

他总想为自己制造点什么

在他家的地下室,堆满了

木料、图纸和全套的木工家什

还有一台轰鸣的车床

这是他自己的车间

在每一个休息的日子

制造了他和露西需要的一切

但让米歇尔最感骄傲的是

他为自己和露西建造了一个家

在她称为阿尔忒弥斯树林的边缘
他设计并建造了这栋房子
厨房、客厅、浴室全都按照露西的愿望
最要紧的,从房子的每扇窗户
可以看到四季更易的风景
这是建筑家隐秘的心愿
在房子的一侧,他还为露西建造了
一间工作室,她在那里
画画、为孩子们写书
接待四方的客人
来自美洲、欧洲、非洲和亚洲的诗人
以及西藏的密宗修炼者、西安的书法家
他在家里看见她,看见双手建造的幸福
而她从窗外看他,看见自己的家
稳稳地矗立在大地上

他们说:"住在这房子里的人
要他们搬进白宫也不干"

2013 年 10 月 28 日

蜘蛛人

我了解我的位置。升入太阳
或坠下深渊,仅仅悬于一线。
云朵滑过加深玻璃人工的蓝
给予我一个谜一样的玄幻。

我曾试图窥进这玻璃的里面,
但它拒绝我,以眩惑的光。
从远处,我眺望它水晶的迷彩,
当我靠近,它热的脸把我灼伤。

在我的下方,是铁路的终点,
更多的我踩着我涌来,身后
遗下衰老的父母和荒芜的土地,
如荒草一样生长,是孩子的童年。

而假如一个反讽的伊卡鲁斯坠落
没有光,没有火焰,笨拙的姿势
引不来路人的惊叹。所以我从

经验中学会对命运保持小心。

地面上人们匆匆而过。在我的
位置,我给予他们预先的蔑视。
他们对我说:你比所有人更近天堂,
为天使洁面,保持女神的风姿。

但我的事业却是不断地下降;
当我最终降落地面,我只是一块
被天使扔弃的抹布,丑陋的蜘蛛
匍匐在僵直的马路上,几乎不存在。

2013 年 11 月 12 日

你走到所有的意料之外
——悼陈超

你走到所有的意料之外,也走到
自己的反面,犹如一阵急骤的风
翻转一片秋天的树叶;或者起于
星空深处的一声轻叹,倾覆了
黑暗之上的航船。那是来自
命运的律令吗?我们迟到的眼泪
无法解释你的受苦,甚至身边的
亲人也无法对你多年的隐痛感同
身受。也许你太累了,也许你
已经超越把我们留在本地的一切;
而我们心中孤独的深井,在这个
秋天更深了。

     你我见面不多。有次在大连
你板着脸学起王连举的唱腔,
引得满屋的笑声。我却感到寂寞
独自怀念戈麦,心想时代真是变了。
另一个晚上,在你和唐晓渡的房间,

我们一起谈到另一位诗人的诗作,
你说"爱才是诗的真正起源,恨是
消极的感情,诗人不能被它左右"。
此言深得我心,从此把你视为可敬的
兄长。你曾邀我和家人到石家庄玩儿
趁孩子还没上学;如今孩子十八了,
我还没到过你的城市,而它和我们
已经一起永远失去了你……

最近一次是在北大,吃饭的时候
你拿着厚厚的两本会议论文集
指着里边的文章说:"这么些文章
只有你真在和老先生们讨论学术。"
"除了学术,我不懂得谈论什么。"
我的自矜会否让一向谦和的你感到
不快?此外只接到过你两次电话:
一次是为了给你的新书写推荐语,
你打电话来道歉,说让我为难了,
因为事先我并没有看到你的新书。
还有一次,你探问我有没有可能
在我就职的出版社重出你的
《探索诗鉴赏辞典》,这让我感到

心酸,但我却无法满足你的愿望。
说到你视为生命的诗和批评,我必须
坦率地说,它始终未能让我完全服膺,
我私下认为,受制于某种宏大的话语
和激越情怀,人为荒废的童年,你和
你的一代人未能培养起健全的感性,
因而难以真正深入诗的奥秘。当然,
也许这只是无情的时间改变了我们对
世界的感受。有一次,你和别人谈到
自己的诗,"写得也不比谁差"。
我感到惊讶,那时候我还没有读过
你任何一首诗。

    关于死,我也曾经
认真思量,在戈麦自沉后的一段时间。
但我还有不舍,还有不甘:这世界
不该就这样交给他们;我们活着,
就像一颗颗嵌入时代肉身的钉子。
而我一直以为,你是对死亡的诱惑
具有免疫力的人,我也不愿意相信
一个总把别人放在自己前面的人
会为了自个儿解脱就这样突然放弃。

你走后,我梦见你,在医院的走廊上
醒过来,对哭泣的妻子说:"我也
不想如此。"在梦中,我禁不住流下
眼泪。多年来,我们已谙熟于与死亡
周旋,"这只是一场游戏,仿佛与另一
自我的对弈"。我反对自杀,这信念
越来越近乎固执。戈麦说,"生命太长",
他自沉时二十四岁;而一位活过了
八十岁的老诗人说:"对于我们的
灵魂来说,一生的时间总是太短!"
我们还有那么多该读的书没有读,
还有那么多未尽的责任,没有尽!
还有,还有那么多想写的没有写!
既然,诗人本就一无所有,我们只有
和他们比我们的命;文明和野蛮
谁的命更硬,谁的气更长? 你也许会
笑着说,你这是在赌这片土地的气数!

然而,说到底这些并不要紧。就算不能讲课,
不能写文章,不能写诗,又算得了什么!
文明和野蛮,世界的好和坏又算得了什么!
虽然人间的变故还时时牵动我的神经,

但多年来生活的教训使我省悟,天并非
扛在阿特拉斯一个人肩膀上。歌德说,
"每个人都该为自己的幸福尽他的职责,
好的社会来自好的个人。"
随时间而来的智慧吗?不,也许只是为了
活下去。我们心爱的诗有权利活下去
如同秘密传递的火焰,我们只是它的肉身。
五点钟陪孩子一起打球才是重要的;
在秋日的雾霾中陪妻子一起散步,才是重要的;
在有风的日子,看银杏叶在眼前一阵阵坠落,
尤其重要而且必须;这毒雾弥漫的人间,
毕竟也还有几分美好。但我终于无法想象
连续七天的失眠对一个人意味着什么;
那在高处诱惑你的,又是什么。
"死是早晚的事,不必着急",那时
安慰我的朋友对我如此说;现在,
我并不急于向你打听那边的世界究竟
如何,"没有雾霾的天堂也没有忧郁症",
一个朋友在悼念的微信中这样说。
但天堂没有兄弟。我还要活着
在这个不完美的世界上,陪伴亲人
和不多的几个朋友。尊敬的兄长,让我们就此

握手,再见。再见,我的手留住了你的温暖,就像每一次诗酒聚会后的短暂分别。

2014 年 11 月 23 日

纪念大陆南端的一次旅途

进入黑暗。这突出大陆的海岬
被茫茫的黑暗之海包裹。热风吹着
我们像四个摸索世界的盲孩子
触到了夜之神经,那四根柔软的弦。
谈话是黑暗中不断到来的光
弹奏着唯一的不伤心。
大地尽头,我们眼中的天使在弦上亮起来。

在旷野,我们寻找中秋前夕的将满之月。
我们落下的城市、河流、船舶和港口
做了黑暗国王的驯顺公主
抱着黑枕头睡去。明天的月亮移过海峡
吊升起我们的未满之心,像巨大的醒。
哦,这日历上多出的一夜,把我们变成自身的
例外。

有人在黑暗中赌气说:让万物沉睡
让黑暗永无尽头,让速度比慢更慢一点。

另一个回答:黎明前,我们撵不上天风的回头路。

而没有吱声的那个,在梦里,正赶上一场明亮的海雨。

2015年9月29日

足荣村之夜

月亮升起来,榕树高大的树冠托举着它。
远处的烟火腾空,又迅速暗下去。在大陆的最南端
我们相聚在一个不会第二次来到的地方。
我们的谈话停顿在半途,
我喝了一半的酒被服务员收走,
那是我刚刚敬过此地的神明的。

我们心愿中唯一的中秋之月,
今夜的月亮最遥远,最明亮,
离海最近。当人们的谈话声低落下去时
可以听到海涛声;而天上人会看到
星星没入咫尺之间的海底。我们的家乡一直在下雨,
给我们的心中带来伤感。你坐在我身边,
和别人热烈地谈话,另一个你
却在担忧明天的分别。

这样的一生可以供我们几度相逢?
我们用眼神交换对世界的看法,

记住了彼此无意说过的话。
然后你离开,沿着自己的轨道。
我也回到北方的无月之夜。
这样的人间将被我们记住。

从今后,我不再写关于月亮的诗。
当他们争相向海边走去时,
我抬起头来看看月亮,
我不知道身边坐着哪一个你,
是那个哭泣的孩子,
还是这个在波浪上欢快地飞行的人。

         2015 年 10 月 6 日

茅荆坝之秋
——为张桃洲而作

车抵山门的时候,我们同时发觉
这地方之前我们已经来过。
这意外的重逢让我们迷惑。
那是钟于绿的季节,敖包山一千八百米的
草甸上,金露梅和香花芥盛开。在峰顶
有人指着远处的山峰说:瞧,那边就是
内蒙的喀喇沁旗。

如今是绚丽的秋天。
爬山虎红得发紫,火炬树红得透亮
枫叶的红中泛着青,桦树洁白的树干
裹着一团透亮的金。只有苍松不改绿的本色。
这样的风景看起来就像满山的红辣椒炒青辣椒,
满山的雀鸟辣着了,一起飞出了草窠。

这是我们所能看见的风景,我们所看不见的
是一座山的阅历:近千年前,它见证过金人

击杀最后的契丹人于陷泉;几百年前,清兵
入关的小径仍绵延在灌丛中。农人们在河滩上
掘出骷髅,头盖上嵌着锈蚀的箭镞。

在山顶,我们震惊于这些黑暗的史迹。
你在谈话中,提到一座峰顶插入地狱之心的
硫磺山;每一寸土地,都有它不堪言说的过往。
迎着夕阳下山的时候,我们的脚步摇晃。
我们停止了谈话,孩子们也不再喧哗。

太阳落山,山间的一切急速转入黑暗。
借着车灯,我们的车蜗行于曲折的山道。
滞留山上的人们,手执一束光
小心摸索脚下的路——我们的祖先取火
点灯,为了穿行并熬过世上的黑夜:
就像我们想象中展开的晚期写作,不再是为了赞美
而是为了穿越人性中黝暗的盲肠。

2015 年 10 月 11 日、13 日

祖父

祖父扛着锄头朝山上走去
一脸的皱纹都笑着,路上
遇见他的人也都满脸笑着
人们说祖父忒会"讲言笑"
但他们的方音听起来就像是
"搞严肃"。所以祖父
又严肃又搞笑。这性情
传给了父亲,父亲传给了我。
在内心,我几乎是阴郁的,
但人们却说我"你真逗"
我的哑巴同事递给我
一张纸条:"你为什么整天
笑嘻嘻的?"也许我该说
因为我阴郁。由此看来,我
不像是人们眼中的不肖子孙。

祖父是劳动能手,和锄头
形影不离。小时候我不是看

他背着锄头出门,就是看他
背着锄头走在回家的路上。
无疑,人们喜欢一个会讲笑话
的劳动能手。在笑声中他们
结束一天的劳作,忘记了
辛劳,晚上又把笑话讲给
他们劳累的妻子,直到农妇们
在被窝里笑岔了气。第二天
她们遇见祖父,就说"老头
真会搞严肃"。祖父是过继之子

读过几年私塾,能写会算
人们信任他,讲他比一直读书
的兄弟,更懂得人世的道理,
心里有一盏灯。祖父钻研医书
成了半个医生,救治过不少
邻里乡亲。年过七旬的祖父
上山砍柴,被蛇咬伤,他用
砍刀杀死蛇,割开伤口,
吮出毒液,在山上找到草药,
敷在伤口上,仍然担着一担柴
回家。以后,他就常常带着

孙子们上山采药,我家的
菜园从此多了各种药草。

祖父最放心不下的,是那些被
合作的田地。临终,他把三个儿子
叫到床前,叮嘱他们哪块山
哪块田、哪块地是咱家的,
要收回来——这是祖父的
变天账,几十年埋在心底。他
告诉父亲,这辈子不要做
其他事情,只要培养三个儿子
念学……就在同一刻,生产队
的干部们正偷着在煤油灯下
商议承包队里的田地。我替父亲
抓阄,手气不错,抓到了
几丘好田——几十年前我家

自己的田。祖父去世后,天一直
下雨,村里人愁眉不展,他们想念
那个一辈子爱说笑的人。出殡时
天终于放晴了,太阳光从云层边
射下来,好像满脸的笑意从祖父

的皱纹里透出。在出殡行列中
我望着太阳,听鹤鸣于九皋
好像看见祖父在云上说笑
天堂里回荡着
神仙们开怀的笑声。

          2015 年 9 月 24 日

乡村画家

在他该上学的年纪,学校砸烂了,
教语文的王老师关在祠堂里。
他从后院翻墙进去,给老师
送去一小包炒熟的青豆,那是
他斗胆从生产队的豆地偷来。

不知从哪里,他弄到半套残破的
芥子园画谱,开始临摹花卉,翎毛,
人物。这工作让他入迷,也让
他忘记了那些令人胆颤的
口号和挥舞在老师们头上的

皮带;他把自己关在阁楼上。
多年以后,我从学校返家,
和同伴一起登上他那间
自我囚禁的阁楼,狭窄的空间里
像经幡一样挂满了他心爱的画作。

昏暗的光线中,我们几乎找不到
画家本人。隔着他的杰作他打量
我们,却无意和我们说话。他
考过美术学院,他的绘画功力
让考官们惊讶,他的文化课成绩

又让他们摇头。一位教授给他来信,
告诉他多读书,他的枕边从此
多了一部《红楼梦》。这是他一生
反复阅读的大书。他一直没结婚,
其实在我看来,他算得上一表人才,

但村人说他脑子有病。有一年,
一位在城里打工的邻村姑娘
意外身亡,灵柩经过他家门口。
他在屋檐下站着,突然就发了疯
冲到众人面前,扶棺痛哭、昏厥。

人们记得他和这位姑娘曾经相识,
但并不知道他痛哭的原由。此后
他的神智完全丧失了,时哭时笑,
嘴里叨念着人们听不懂的胡话。

某个冬天的早上,人们在一处偏僻

的山坡下,发现了他僵硬的尸体,
穿着单衣,跪坐在一棵苦楝树下,
他的画作在他的身边烧成了灰。
残剩的纸片上,村民们发现了一行
歪扭的字迹:"这天真冷……"

      2015年10月17日

纪念一位同伴

父亲很早把他送城里上学
希望他读书出息,永远
跳出农门。他努力了,但他
平平的成绩终究让他返回了

乡下。他的务农生涯不比读书
生涯更出色:果树开花不结果,
稻禾成片枯焦,他寄予厚望
的猪群死于猪瘟。对此,他感到

茫然,也没有从他的农家全书里
找到答案。然后他结婚了
妻子不好看,也不丑,他们
有时恩爱,有时吵闹,和天下

的夫妻一样。在一次吵嘴后
妻子瞒着他打掉腹中的孩子,回了
娘家。他没有气急,也没有恼恨,

一直和父母妹妹平静地生活。

春节到了,他准备了纸包、礼物
到岳父家拜年。全家人像往常一样
欢迎了他——他的到来让一家人
如释重负,尤其是妻子。深夜

惨叫声惊醒熟睡的家人,他的
尖刀刺进妻子的肚子,拔出,
再刺进。他砍倒闻声赶来的岳父
和妻舅,说:"我为儿子报仇了!"

法庭上,他对预谋的一切供认不讳。
"她杀死了我的儿子,我要为儿子
报仇。"随后,他就一声不吭;
家族的遗传病史让他得到法外开恩,

他被法庭判处无期,并被送进
精神病院。在另一个春节的晚上
他用一双袜子了结了自己,把
有限的财产留给了妹妹——她曾

以自己的裸身遮抱过嫂子血泊中
的裸身。这个我幼时的玩伴,
几乎和我同名,他的父亲曾期待他
追随我的榜样。在所有童年的玩伴中

他做出了最惊人的"伟业",而且
将没有追随者。但他的遗言总是
令我心惊,有时我还会在梦中听见
他重复地念叨:"我要为儿子报仇……"

2015 年 10 月 17 日

壶口

从落日的天空,浑浊的泥浆翻滚着
坠下深渊;大地在解体
一层层卷入波涛。(唯胸中块垒难解。)
嘶哑的风吹我站在化冻的冰凌上
急速向下游逝去。

       2015年10月25日

卖刀

黄昏时分,村前坑洼的土路上走来一个背着一捆刀子的外乡人。他打开包袱,把刀子铺在地下。寒光闪闪的刀子,柴刀、菜刀、镰刀、剪刀、水果刀一应俱全;他的面容消瘦,脸色阴沉;他陌生的口唇边衔着远方的消息。

他对围拢的乡亲们说:他的刀子全部免费相送,只要五年内米价没涨到一块钱。村民们面面相觑,将信将疑。三十多年前,稻谷的官价不过一角五分,黑市的价格也两角不到。米价一块钱的日子似乎永远不会到来。

村民们把地上的刀子挑拣一空;有人在月光下顺手试了试刀锋,砍倒了邻居院中碗口粗的小树(第二天这小村庄为此一整天鸡犬不宁);半个时辰过去,只剩下树梢的月亮照着卖刀人空空的包袱。没有抢到刀子的人带着深深的遗憾问卖刀人:外乡人,什么时候再来? 他说:哦,米价到一块的时候,我自然会来。

不出五年,米价早已超过一块,如今的米价已

经是一块钱的多少倍,外乡人却没有回来收他的刀钱。其实,他也没有跟人约定到期的价钱。

这卖刀人在我孩童的眼中始终是个谜。我在放学的路上,好奇地看着这个奇怪的陌生人以奇怪的方式兜售他的刀子。然后,我一个人在村口的树下看着陌生人背负着天空独自离去。他是一个乡村的狂人,还是一个神秘的预言家?他去了哪里?他会突然再来吗?当他再来时,我们这些半辈子都靠他的刀子砍树、切菜、裁衣的人,将用什么来偿还他?他会向我们要一个什么样的价钱?而那些在这些年中陆续死去的人,他又怎样跟他们清算?

黄昏路上走来一个神色苍凉的
外乡人,村口的樟树下,他
卸下担子,亮出一捆捆刀子:
柴刀,菜刀,镰刀,剪刀,水果刀
样样俱全,锋刃生光,鸟兽走避。
陌生人搓搓手,对聚拢的人群开口说话:

"乡亲们,我的刀子吹毛可断,
价可连城,但今天我的刀子只送

不卖。我今天和乡亲们打个赌,我说不出五年,这市场的米价就要涨到一块一斤。今天我的刀子统统白送,如果五年后,米价

还不到一块;如果高过一块,我再来收我的刀钱……"三十年前市场米价不到两毛,一块钱的米价似乎永无可能。乡亲们把地上的刀子哄抢一空,顺手在邻居的树干上试试刀锋。果然好刀!

碗粗的树枝应手两断,腕上毫不吃劲。没有抢到刀子的乡亲感到遗憾:"外乡人,什么时候再来卖你的刀子?"外乡人拱拱手,"米价涨到一块,我就回来收我的刀钱,我是生意人,不做蚀本生意。"

这个赌局的结局大家早已知道:五年后的米价早已涨过好几块,外乡人却没有回来。每当妻子淘米

做饭,或者我用陌生人留下的镰刀
砍倒一排排玉米秆,我都会想起
这个奇怪的外乡人。他是一个神秘的
预言家,还是一个神经错乱的狂人?

为什么他在这个陌生的村子,留下
那么多锋利的刀子,和一个奇怪的
赌局?为什么他赢了赌局,却不来
收取他应得的利润?他是天使,
还是魔鬼?他会不会在另一个
世界等着,收取我们付不起的巨资?

      2015年10月30日、11月6日

野茫茫
——赠桃洲

眼睛能看清的东西越来越少。
旷野上,绵亘的雾霾仿佛
天仙的一口恶气,吐在
社神的面子上,社神的里子
在签证官的胖手下,输光了。

这个奇怪的生物,吞噬一切
而憎恶记忆,如那些被厌弃的。
它庞大的身躯几乎无法自己
移动,却无所不至,侵入我们
的肺泡,在我们的词语上下蛆。

树和树之间的距离越来越像
心和心之间的距离风云莫测。
一场惨烈的车祸发生在一株
樟树和一棵法梧之间,殃及
树冠上搭乘的客人:喜鹊和

乌鸦飞遍了天空;它们的巢
倾覆了,哀悼的现场,一切
皆空,只有无数盖了红章的
"拆"字,幻舞,如簇新的
纸钱。哭声越来越远;天堂

的法官,午睡的时间却越来
越长;很久以来,他的鼾声
已成为无数人一生的噩梦。
他们再醒不来了,无论在
天堂,还是在地狱;自带

呼吸机的跑马者还在嬉笑地
奔跑。他们说:只有跑下去
一条路;但他们永远跑不出
它的酣梦。而我们再睡不着
做了漫漫长夜孤单的守夜人。

野马成群地从天边涌现,骑在
漂浮的冰上,抽着过时的烟卷。
他们说:终有一天,我们会骑在

人身上,把他们赶进我们的战场
就像他们对我们一再做过的那样。

2015年11月5日

同舟
——为森子而作

我热爱无人看守的风景
甚于人见人爱。我乐山,也乐水
最好是,山水相连。

谁渡我百年?谁家女子与我同船?
我从来不是一个好的划手。
且听春风载我于水上。

水波不勉力,也不尽责,
水波的一生只自如;如果我们的爱也如此,
否则它就是一支反向的桨。

执着的人不堪自渡。
我的船只信任波浪的势力,
从此岸到彼岸,从春到秋。

春秋,我们在此岸反复写信

给宠爱我们的梅花;在彼岸
我们的自我悬在雨丝风片,一只鹤飞跃的弧形。

风景是我的一支桨,诗是另一支。
有时我们写出的比我们高贵,
但我们写出的也叫我们高贵。

最得力的一支桨,不要误认爱情,
叫友谊;不信我的人会撞到南墙,
回头也不见岸。

比起舵手或桨手,我更爱靠近舷窗的位置。
翻动的酒帘如我的心动。
你说,风给我们的自由已经足够。

2015 年 11 月 18 日

星星锯开……

一

星星锯开,雪,这飞扬的信心之粉末
洒在马槽上空。天边外
圣婴降生的第一声啼哭,远远传来。

铁铲刮擦地面。有人在天上挖掘光。
房顶上,踩轮滑的天使小声说话。
骑马的人跑到旷野上,仰着脸。

二

这下垂的星体,扩大的冷,
她的双手几乎抱不住
这睡着的儿子,关闭了呼吸。

树林,这默祷的人群。
村庄,这圣歌的教堂。
旷野,这光的垂直的四壁。

2015 年 11 月 22 日

乌鸦

早上七点钟,我看见它们
翅膀底下夹着公文包
下午五点钟,我又看见它们
它们涌出地铁,它们涌入地铁
把鼻涕擤在金属扶手上
它们低头看脚面,不交一言
它们挤在地铁里的时候
也是这样。它们忘记了天空
只有靠近垃圾桶的时候
才恢复某种原始的记忆,盯着
或者迅速靠上去,翻捡半天
它们涌入广场,争食空中扔下的
面包屑。它们中的一小部分
屁股上涂了大白,冒充喜鹊
以换取争食中的有利地位
它们睁着眼睛做梦
走着路做梦
在影院的包厢里做梦

在漫长的黑暗日子里,它们
逐渐获得人形,并且取代了人
人在哪里?对于这问题
它们全都装聋作哑,翻着白眼
夹紧公文包一声不吭

       2015 年 11 月 26 日

在海上

——为高兴而作,兼致池凌云、戴潍娜

这船渡我们去另一个岛。
离港的汽笛声中,热带的风景展开,
棕榈、椰果、泳衣和黑皮肤的姑娘
挨次走过旅行者遗忘在海滩的墨镜。
我们并排站在甲板上,说着大陆的往事。

这四层的渡船负载着众多的灵魂:
小贩、白领、公务员、逃犯和
尾随的便衣;他们携带的背囊
和不能装进背囊的心事。这些陆上的居民,
信靠它渡越这一片平静的海,
他们的座驾和牲口待在潮湿幽暗的底舱。

中午时,海鸥来到我们的餐桌上
像一方叠好的手巾,作为海的礼物
奉献给我们身边美好的女性。即使在海上
她们仍然是最灼目的风景,

让我们的谈话在海的中央点亮火焰。

我说:船是人对于海的反信仰。你说
其实船并不负载我们,负载我们的
是我们脚下的波浪。而你曾独自渡过另一片海,
另外的星辰指引那里的航向。

在那片更加幽深的海上,你是桨手,
也是船长,负载同样杂沓的灵魂,
昼夜往来如穿行于隧道。你和她们都懂得我说的
是什么。
无可置疑的是,你的渡船是一束提升的光
渡我们向另一片光明的海,而你孑然一身
留在未完成的海边,眺望潮汐……

2015 年 11 月 28 日

雪后山中访友

春节后,接连又下了两场雪。
上山的路上,我们走得很慢
雨靴踏在雪地上的声音,让我
不安。而你不时停下来,撮起
一团雪,掷向空中;每一次
树林中都会有一只山雀响应你
箭一样飞射而出。树枝折断的声音
在我们心底唤起回声;我想到了
化雪的季节就要来临,眼前
美丽的雪景很快会消失无踪。

当你意识到这一点,你突然
停止摇晃那棵压满积雪的
松树。走过田野的时候,我们
一起指认过那些拱出雪被的
泛青的麦苗。你引用熟悉的农谚
"麦盖三层被",然后摇摇头说:
"真可惜你不喜欢吃面食。"

友人的住处还在更高的地方；
他在短信里说，已温好了酒
候我们。但我们却一再把时间

延宕在路上，仿佛抵达是一件
不划算的事情；甚至当我们站在
他的门前，仍拒绝去敲响那扇门，
仿佛我们不是他的访客，而是
雪的访客，仿佛他的热酒就是那一阵
化雪的春风，会吹去我们心头
停驻的雪意。就这样，我们注视着
远山，在雪地里站立了一刻钟。

2015 年 11 月 29 日

还乡
——寄辉、松

荒草芜没了旧时路;新路平坦
但我和它相见不相识。谁家的
黄狗拦在村口,以吠日套取
我的乡音。溪水窄了,结队的
石板鱼隐没,其中有我们的罪过。

我们躲过雨的夏龙殿塌了,我们
放过羊的山空了,村民臆想的
翡翠却只在他们的发财梦里现身。
"地理的变迁快过一个人的生死。"
二十年的雨水足以朽烂明朝的柱
清朝的梁和民国的椽子;红卫兵
凿去头脸的雕花人物散落天井,
宣统的牌匾做了堂弟家的猪圈门。

我们种过的地荒了,我们数过的星星
凉了;我们眺望过的云是否还是旧时云?

小学校退出了祠堂,祖先的灵牌
却没有复位。在咱家门前,我
找不见那棵笔直的松树,它曾经
高过山岗,高过我们对自己的期许;
据说它卖了好价钱,也算物有所值。
水龙头没关,长流着引自竹林的
山泉水。门上了锁,青苔封住门前

的踏石;吱呀一声,时光斯见,
青山跃入窗户,挤开风;缕缕斜射
的阳光中,飞扬的粉尘欢迎我,
告诉我还是旧时家。灶台温着,
我们抚爱过的猫猛然跳出,表示它
从未离开;我们下过的棋还在等
最后的结局;我们睡过的床,现在
睡着了,睡在木头悠长的还乡梦里。

2015 年 12 月 2 日

登仙姑山志感
——赠楼月希

我八岁始登此山,以后每年都来,
见惯了它的阴晴雨雪。
第一次跟着父亲来,后来带着
两个弟弟来,或者和同学一起来,
再后来我带远方的朋友和同事来
把他们介绍给这一片"我家的山水",
不倦地骄傲于他们的惊叹和赞美。
"我家就在山的那边",我指着远处
幽暗的山谷,让他们去猜我心所系。

我熟悉它的一切,它灰褐的岩石
像饥饿的岁月,它壁立的红岩
裸露的筋腱,它浓重的绿,让我想起
东山笔下的北欧森林;它的垂直的
攀升之路,攀登者一个踩着另一个的
脑袋,上到峰顶。穿越过天门,步行

于云涛之上,你会想,如果跨出
悬崖一步,你就学会了飞翔。人们说
站在它的峰顶,可以远眺东海,我信。

所以,我们在那方寸之地耗尽日落
之前的时光,直到四周的群峰沉寂。
其实,山风吹来的时候,松涛也就是
翻卷的海涛,裹挟着大海的坏脾气,
猛烈撞击那些漂浮的孤独的岛礁。
山影入怀,泉水之光穿透玻璃的杯壁。
"喝下去,你便拥有山水的性灵,
爱上它,你就变成另一个你。"这山水
走进我心,我们是否也走进过它的心?

它真的不倦于我们的反复登临?我的醒
有它的松香,我的睡有它的花香如迷;
但我从未梦见黄帝的女儿,也未梦见
邻村的少女。也许,我们所看见的只是
"毫无意义的外表",我不懂得它的
女儿的秘密,也不懂它秘而不宣的深心。
"它脱下我们,如蜕去一层过时的皮肤。"

但你说:"事实上,你从开始就懂它;
你将更懂它,当你睡入它的怀抱。"

2015 年 12 月 3 日

山中笔记(一)

为了理解石头,你必须成为石头;
为了理解天空,你必须成为天空中的一朵云。
山影入怀,泉水之光穿透玻璃的杯壁。
"喝下去,你便拥有山水的性灵,
爱上它,你就变成另一个你。"
越过天门,我们并肩行走于云涛之上。
隐隐地,山腰传来人间的鸡鸣。

2015 年 12 月 4 日

星际迷航

我眺望。你的引力指引我
多少自我沉湎的暗物质束
使我晕眩。必须要有光
在暗夜的行程中,这是你

成为星星的理由。你闭眼
调低你的迷彩,让光变得
柔和。幽暗的时空隧道里
我们错失过。我惊异人类

寄身于我们身上的,这些
朝生暮死的蜉蝣奢谈永恒
我用一亿年的光阴,叫出
你的名字,用另一个亿年

唤醒你的温柔。我返航时
带走你的肖像。宇宙茫茫

不必等未来的重逢,此际

光电交握的刹那已胜永远

      2015 年 12 月 5 日

返魂香
——为 Z.R. 而作

瓦垄上,细雨溅起轻烟。
酒帘低垂。酒人飘过石头的桥拱。
在江南,你吻过稻花、米香和波影。
作为隐士,我与你手植的梅花重逢于山阴。

青溪之畔,白鹭借我袅娜;
倏忽往来的游鱼借我无心。
汀步石之上,春风撩乱往生的心绪;
流水映照前身。你呼吸
耕读的麦浪就起伏,白云就出岫,
松涛就沿着山脊的曲线回返。

塔影宛如重来。山水间,
我们一起听过雨的凉亭
此刻无我,也无你。
时光如笙箫,引你我于清空中重觅
前世余音。

> 2015 年 12 月 10 日

德厚院
——送庆元南归,兼示小马、雪莲

三十年来最大的寒潮清空了周末的街道,
入夜时分,清华园像一只废弃的邮筒醒来,
腊月之月宛如关闭多年的投件口。
几个延毕生像被遗忘的老邮件
从南门的取件口吐出,进入风。
命运的不确定让我们感到茫然。
而我早已是一枚生锈的钉子,
钉在生活这间厨房日益油腻的灶台上。

羊年的憋屈连着猴年;多霾的日子
榨干了我对人性的最后一点信任。
德厚院里,我们像四个透明的影子
围着一瓶尼雅,从酒里取暖,
从食物中取火。事实上
寒潮还在窗外使劲摇晃灯杆
把裹得严严实实的行人
不断赶进灯火闪烁的楼宇。1858年的黑暗

降临德厚院,把它变成
一间密闭的铁屋,把我们变成四个
夜半惊醒的人。

在离别的日子里,我们继续谈论信仰,
就像在昨天的课堂。小马相信
共产主义,你信仰基督,雪莲
相信希腊的"人文小庙",而我
像喝空了的酒瓶,相信虚无。
我们一起合成一个巨大的不合时宜。
我们和时代争论,和书本争论,
也和自己争论。我退回生活的角落
却仍然梦想寒风会在冰凉的瓶口
吹出一支像样的曲子。总要相信什么。
如果什么也不能信,就让我们相信
德厚院这一盏飘摇的灯,就让我们
相信这一刻不停的风,至少会驱除雾霾。

明天,你就要回到大雪中的南方,
在你以后的生活中,呼啸的寒潮将日益遥远;
如果你愿意,今夜将是你记忆中的
一封旧信,一段旧日子的驿站,

会在你后退的生活中重逢。
你说,先行抵达的三十八箱书,
是你冬日必不可少的寒衣。
我为你感到庆幸,你用它们
从野蛮的年代赎回自己,未曾失去
心上那一点微明的火;只要它在
我们总能依靠它活过今天,活到明天。
奔跑吧,日子,如提速的高铁。
而我们的心必须安静,在为我们保留的
无论哪个角落。如果需要,我们将
永远沉默,但绝不能让那些粗鄙的
厨子得逞,随便敲开我们的嘴
把我们一生酝酿的精华喝干。

       2016 年 1 月 24 日

养老院

养老院忽然来了三个外乡人,
自称我的大学同学,我从记忆
深处,努力辨认他们;与我同住的
孙老头,从不相信我上过大学,这下
他傻眼了。他们带来的中华烟

味道不错,我得把它们锁好,不能让
孙老头白白占了便宜。我需要烟,但
我更需要现钱,在这个话题上,他们
支支吾吾,显出可疑的神色;我故意
不动声色,让他们一点点自我暴露。

终于他们不耐烦了,起身说想去看看
我出生的村庄。很多年前,他们也是
这样。我就带他们走一条危险的路;
沿着溪流,有一大片绿的竹林,走进
里面,我心里就踏实了,尤其是

下雨或多雾的天气。但今天阳光很好
所以我要更加警惕。一小时的路程
我带他们曲曲弯弯走了好几个钟头。
在家里,那个叫作老何的人,一个劲儿
和我的妹妹小声交谈,我眼一斜

他们就不说话了。这就让我对他们的动机
猜出了八九分。临走时,他们说要合影
我就系紧纽扣,让他们完全看不出
我的心思。他们说"笑",我就咧嘴
但我愣是一点儿没暴露我的秘密。

这秘密,我已经守了三十年,他们
永远猜不出,事实上,连我自己也
几乎忘记了。他们的到来提醒我
不要掉以轻心。为了它,我要在梦中制造
更多的雾,以便彻底藏进它的裸体里。

          2016 年 1 月 31 日

猫女

十六岁那年,她确认
自己是一只猫。她拥有
敏锐的嗅觉和锐利的
指爪;黑暗中她的瞳孔

放大,细察每一个路灯
下的活物。邻居家的狗
出门时,她在沙发上呼吸
急迫,脊背拱起。她与她

的朋友用喵喵喵的猫语
秘密交谈。她喜欢竖起
双耳,蹲坐在窗台的
位置,像最后一个女王。

有时,她迅速跳下窗台,
下楼,嵌入暮色,在街角
敏捷地扯住可怜的牺牲;

他先在她的身上使劲

挣扎,然后终归安静。
她愿意永远做一只猫,
尽管有时穿制服的狗,
挠她的门,让她烦心。

做一只善于捕捉的猫,
她是利己的;她也是
善良的,对待猎物她
也有她的温柔和怜悯。

诗人们喜欢她,把她编进
他们的歌,多少人恨她
抢走她们的猎物,让她们
在这个冰雪世界一生无依。

2016 年 1 月 31 日

迁徙

光醒来。鸟鸣是最好的礼物
献给一天的早晨
湖水如轻縠,披在
树林的身上。晨练的人大声吊嗓子

中午过后,林中传闻窃窃
好像白米粥掺入沙子
鸟鸣有苦楝的味道
太阳如煎过的鸡蛋嵌在浑浊的空中

傍晚,喜鹊妈妈携着一家子
惊恐地迁徙,她们渐飞渐高
仿佛天空中另有一片湖畔的树林
可以安置她们的新巢

更多迁徙者奋飞的身影
布满天空,翅膀扇起的风
呼啸如滚热的岩浆

愤怒的火山灰砸死迁徙的水仙

预定的月亮没有升起
死寂的湖水慢慢晾干
没有声音,没有影子
茫茫大雾封住了所有的活口

      2016年2月28日

卧佛

睡意阵阵袭来。你宽阔的手掌
几乎支不住沉重的头颅;
你微闭的眼望着,金色的蜂群
敛翼,在紫檀的横梁上。

肉身是可悲的累赘,误会生死
必得深入生死,受忘川的浸礼;
菩萨心也会厌倦,这市场的扰攘
叫得最响的全然虚假。

你合目,如海上彤红的落日
旋入一千重幽暗的波浪之下;
永不再来,永不……在你的心上
平静地垂下了,骄傲的意志。

翌日君临,你的双眼重又充盈
鲜美如柠檬之光,爱怜众生
也倾倒众生。这世间的奇迹,你

从哪里汲取活的渴望,爱的惊喜?

我也长愿如此,久久沉入睡眠
忘怀这生的挣扎、卑怯和耻辱。
梦之神啊,请解除我这一身劳倦!
请赐我重新爱上人世的力量!

        2016年4月3日

江上思

你的清白可以水鉴,水的清白
可以心鉴
你伸手握住的一根竹竿
和披在身上的蓑衣
同样来自大地
而早春的迷雾来自竹林
鸡鸣狗吠来自人间
你确实在江上投下了钓钩
但你并不垂钓什么
你只想握住一段可靠的时光
和自己的影子对望
对岸的人停下了桨
望向你,也不说什么
即使离去,留下一首歌
荡漾在水上
供春风猜测,落花也不说什么

2016 年 4 月 4 日

山中笔记(二)

曲折的溪水如你的心意,
泄出山的胸怀。
山的秘密不怕更多的鸟宣扬,
水的秘密是说得越多,越善守。
孩子们不需要秘密,他们用渔网捕鱼时,
从网眼中逃逸的是水的秘密。
你脱下凉鞋,用赤裸的双脚
亲近水的时候,你的心间就溢满山水的秘密。
你用双手掬起一捧水,你在水中
看见另一人的影子,
那是你和他的秘密。
当你独自在山中走进
一粒霜红的柿子,甜就是你我今夜的秘密。

2016 年 5 月

龙舟

所有人竞渡
所有人呐喊

所有人提桨
所有人插水

所有人打锣
所有人奔跑

所有蚕停止吐丝
所有鸟停止飞翔

所有水飞溅
所有鞭炮炸响

所有时间骤停
所有脸绽出笑容

所有时间骤停

所有塘河升起了烟

                          2016 年 5 月 7 日

布谷鸟

古人听到布谷鸟觉得伤心,
我可听不出什么"望帝春心托杜鹃"。
农人从布谷鸟听出割麦插禾。
刘大白听出"嫂嫂织布"。
徐志摩听出"我爱哥哥"。
那的确是太多情了。
我从小在山里听它。
如今在城里,抬眼不见山,也不见天,
每次听到它,
却总像是有一座青山被叫到眼前来。

2016 年 9 月 14 日

黑寡妇如何杀死她的伴侣

首先要有一张上好的网
柔软且要坚固。要妩媚
让腹部的沙漏型红斑对
他具有无可比拟的引力

要有耐性,捕食者的天性
需要善加培养,直到
那可怜可爱的小东西来了
你伸出毛绒的长腿,轻轻

安抚这心惊胆战的家伙
鼓励他,以多对温柔的眼睛
以跗节揽他入丰盈的怀中
告诉他你未婚妻的全部柔情

好吧,等他把精囊注入你
体内,完成他命定的使命
最后需要精巧的一击,需要

狠心的配合和祖传的偏见

多好的毒液渗入他的神经
让他的身体和意识慢慢融化
让他有时间梦见性的天堂
让她咽下配偶把德行遗传

2016 年 9 月 17 日

禁飞期
——赠宝卿

你居然从你家地下室整出了
一架老式战斗机,在高低不平的
马路上,它使劲颠簸了一会儿

终于摆脱地心的束缚,轻盈地
升到了空中。当它进入云层的时候
一下,变得像真正的飞机一样大

你从开着的舷窗爬出来,跨坐在
机身上,像骑在一辆自行车上
你让它转向,从我的头顶呼啸而过

擦着小陆家的楼顶。简直太过瘾了
我在梦中说。接着你又把自己变小
在机翼上做俯卧撑,一字马,像

芭蕾舞演员一样旋转,变戏法似的

把云叠成帽子,戴在你的光头上,接着
敏捷地返回不知什么时候打开的驾驶舱

我搞不清你是怎么返回地面的
你的衣服湿透了,头发上滴着水
这是云的礼物,云的帽子仍然

服帖地依偎在你的上衣口袋里
我记得后来你对调查组的声明:我们
永远不该忘记飞行,即使在禁飞期

2016 年 2 月 5 日

任我飞

手提电脑好像风筝飞到了
空中,我几乎拽不住它的辫子
脚步踉跄滑过草地;我的书
抛下书柜飞出窗口,它们

一边飞,一边宣告:"我们
实现了一切作者的梦想。"刀
从厨房里飞出来,刀光
砍向一切阻挠飞行的家什

鸟儿躲到草丛里,真的风筝
躲进了鸟巢。床垫飞起来
它边猛烈撞击窗口,边高呼
"一切阻止床垫飞行的都是

耍流氓。"接着整栋楼宇飞起来
带着床一起飞,带着厨房、厕所
下水道、淋浴房,带着做爱的

夫妇,和淋浴的少女一起飞。

一切在飞,一切都散在空中
蛇吐着信子赶上乌云,老鼠
围猎飞马,狐狸在雷电中尖叫
变成美女,骑在哭泣的雨上飞

似乎地球失重,引力波震荡
改变宇宙的规律:太阳涂黑
嘴唇,让我叫它乌鸦,月亮
潮汐涌动,说它是害羞的少女

房市飞了,飞向房奴的小康梦
股市飞了,挟着股民一起飞
人心飞了,拖家带口一起飞
不想飞的我,一脚跌进污秽的市场

2016 年 2 月 24 日

他出去痛哭……

墨子在染坊里背着手,
一边踱步,一边沉思;
灵巧的染匠之手
把洁白的素丝浸入
黄的、蓝的、红的缸。
墨子久久地看着
黄的、蓝的、红的彩丝,
于是他就出去痛哭。

杨朱来到多歧的路口,
停住了脚步,一边沉思。
一些人踏上其中的一条
毫不犹豫,另一些
踏上另一条,同样毫不犹豫。
杨朱想了又想,不知
把他的脚踏上哪一条
于是他就坐下来痛哭。

一个诗人接着来到。
太阳正在落山,道路
在山的面前消失。
诗人下了车驾,一边踱步
一边沉思:这一天这一年
这一生他无路可去。
于是他就坐下来痛哭。

彼得坐在院子的一角,
背着火光,一边想着心事。
一个侍女进来,指认他;
彼得说:"我不认得这人。"
走到门口,另一个侍女
认出他。他说:"我不识这人。"
一个男人跟着指认,他仍说:
"我不认得。"这时鸡就叫了,
彼得想起那人对他说的话,
于是他就出去痛哭。

2016 年 9 月 7 日

枭语

半夜,卡车的轰鸣突然停止,
车头大灯一个接一个熄灭,
终于安静了,我感到幸运
月亮像一只松鼠藏进树洞,
再一次回到夜晚的深心。
我对附近的林子细细地
巡游了一圈,两圈,返回巢内。
突然,逆着行车的方向
另一支队伍缓缓驶来。

那是无人驾驭的马车
一辆接着一辆,从薄雾中
驶来,比月亮的影子
还要薄,还要瘦,四角
挂着白幡,车内满载
没有身体的头颅。
一个下车撒尿的士兵

尿了自己一身
连滚带爬返回车内。

我藏进最茂密的树枝
用属于鸮类的夜眼凝望
这奇怪的无声的队伍
缓缓走过,整整两个时辰。
马车的后面,紧随着
残缺的肢体,一个挨一个,
踉跄赶路,一根无形的绳子
串起这些残损的影子。
这是我一生所遭遇的
最凶险的事情。

我想起前晚上那一阵
地动山摇,差点毁掉
我的老巢。上天保佑!
我依附的大树没有倒下,
日子还能将就过下去。
可怜这些赶路的非人,
这些陌生的马车,

颤抖地从我的树下经过

不知将去往何方?

又将在哪里停歇?

——纪念唐山地震四十年

2016 年 9 月 14 日

"再也不会有光了……"

棺盖已经合上。
刚刚离开包子铺的胖木匠
抹了一把嘴角的肥油
挥动女阴似的斧子
敲进最后的钉子。
再不会有光了,
再不会有眼泪和拥抱,
再不会有故意的躲避和迎合,
再不会有空虚的希望,
再不会有飞到远方去的种子。
抬棺的人们离开酒席,
系上了白色的腰带,
他们将在这个无风的日子
把我埋进最深的黑暗。
我听到断断续续的哭声
和杂乱拼凑的生平。
我早已习惯类似的做派,
所以绝不会起身抗议,

而我的孩子们将为我证明

死得其时是这年头最大的明智。

而棺材已经起行,

而招魂幡正在前面引领,

而我在人们撒下泥土时

听到了小动物吃吃的笑声……

2016年9月25日

鬼屋

进入黑暗,门口赤身的骷髅
跟你握手,迎你进入一个
暂时的地狱,披黑氅的另一具
提灯在前面引路。灯暗下来

它也跟着消失,留你在一片
巨大的坟场。其实并没有坟场
只是一些散乱的土堆,磷火是
电萤火虫冒充的。旷野的幻象

随即退场。门框上的女鬼拉出
长的舌头,滴下冷的血,她的呼吸
也冰冷。梁上的吊死鬼纠缠台下的
替死鬼,你心里的小鬼一阵慌乱

停尸房里并没有尸体,却有一只
骷髅手,不失时机拽住你的裤腿
另一只搭上你中年的肥腰。吓坏的孩子

叫喊声压过了溺死鬼小声的啜泣

你在这里感觉到真实,凌厉的
动作,带着森然的气质
不同于外面的燠热,迟迟不肯
离去的雾霾,跟风耍赖皮

你经过的窄道仿佛曾经的产道
判官的朱笔将要清算你的一生
他向你索要的是你辛苦赢得的
你放下,他就让你安然通过

所有的人都妨碍你。而回头路
是没有的。只有不断加紧脚步
逃出去,就意味着交出你自己
进入阳光,众鬼脸在众人脸

2017年2月7日

鲁班术

树枝折断,柿子洒落一地
我笨拙地模仿它们在山坡上连续打滚
停下的时候,我还能看见
刺眼的光线,另一个巨大的柿子

在这沟沿上,我躺了一天一夜
尖锐的石子硌我肩胛骨生疼
蜜蜂放弃我,蚂蚁和苍蝇密集访问
更多的还在急急忙忙赶来的路上

我的被诅咒的技艺背叛我。当跛脚
的师傅要我大声说出"无前无后"
我是否想过今天的后果?也许
这样的结局仍强于命定的鳏寡孤独

艺多不压身。我的技艺却格外沉重
人间需要安慰:我竖起房梁,垒砌
灶台,把天上的火降为人间

的火,仙露化为人间的佳酿

我不曾拒绝人们的哀恳,纵使
他们一再贬低我的技艺,怀疑我的
用心。我容忍了猜忌,咒骂,背后的
指点。他们已经这样做了几千年

说到底,天使的愤怒只能报复我的肉身
此刻我的心安宁,泪婆婆,鹰隼
在我的眼内啸聚,复活的太阳命令
这些大鸟,携我如风,升入光耀的天空

也许你终将明白,这一切仅仅是开始

2017 年 2 月 8 日

树木

树木的存在并不透明,因此
王阳明陷入昏迷,而释迦
由此顿悟。这足以证明
格物和打坐的方法迥异

有人用斧子和树木对话
树木不喊疼,也不抒情
伐木的人早已不在,而树木
依然呼吸太阳,吐纳光明

树木的年轮里有血,奇异如
生命本身,和祭台上的蜡泪
一起滴下,和青烟一起消散
和青草的呼吸一起弥漫田野

贩卖树木的人是有罪的
炼石之后,多少树木死去
倾圮的宗祠再无支撑的

梁、柱;愤怒的族长悬梁

沉默的子孙继承了那绳子

                2017 年 2 月 9 日

鬼打墙

向左走,红墙
向右走,绿墙
左右走不出这迷魂的骑墙
停下撒泡尿照照?
黑焰的灯下多少张鬼脸!
尿它!尿它!
上身红鬼推身下女鬼
鸡鸣狗盗,无非赶趁
天亮前最后的癫狂机会!

2017 年 2 月 9 日

祠堂

八百年前,他们的始祖移居此地
买下属于其他姓氏的山峦
他的子孙繁衍,他们的子孙
零落,村庄改换门庭

他曾经游宦,艰辛备尝,晚年
意兴阑珊,退隐林下,挑中
这世外山水,紫荆岩、八角尖
拱卫,清溪环绕,松风日作江声

但他们渐渐守不住这数里桃源
老人们退化成动物、植物、石头
年轻人星散,奔赴遥远的他乡
博他们的命,也无非以血换食

倾圮的石墙,苔藓日深,相对空房
乡思没有用,相对荒芜的田园,丰收

没有用。回到故乡的人一日一醉

站在高高的山岗,恸哭没有用

        2017 年 2 月 11 日

房屋

曾经蔽护我们的,不再能
蔽护它自己,星光和雨水
从瓦片的缝中漏下,松动的
牙齿,咀嚼百年来的往事

一只猫从灶膛里窜出
其实它只是它自己的幽灵
它的瞳孔放大,一整个
家族从那里面走出,消散

酒从杯子的裂缝走出,火
从灶台走出,不再有孩子
诞生的哭声,不再有灯
不再有牲口粗鲁的呼吸

他的膝盖疼痛,想要跪下去
而满地的瓦砾让他畏怖

面对山梁上祖先的坟地

他分明感到彼此日益相似

2017 年 2 月 11 日

给飞翔的鸟儿一副口罩

给心爱的人一副白色的口罩
给捣蛋的喵星人一副绿色的口罩
给忠实的汪星人一副红色的口罩
迷离的水是鱼儿的另一副口罩
但你给飞翔的鸟儿一副什么样的口罩?

白色的鸽子飞翔在晦涩的霾中
低沉的鸽哨像一个严酷的警告
巨噬细胞吞噬的PM2.5也在飞
或者与鸽子一起停在十月的树梢

没有太阳和星星的十月:
鸽子在飞,与堵塞的肺泡一起飞
喜鹊在飞,与纤维化的肺一起飞
乌鸦在飞,与肿大的心脏一起飞
云雀在飞,与积水的肝脏一起飞

这些飞翔的生灵,带着裸露的器官

带着疼痛的尖叫,带着它们无辜的
疾病,从一个戴口罩的沉默的世界
飞进了星辰,飞入无人的哀悼

2017 年 2 月 12 日

再驳弗罗斯特

汽车行驶在铺了沥青的
乡间公路上,串起一些熟悉
而又陌生的村庄。另一边
齐腰的枯草遮没一条土路
紧挨着日渐枯涸的溪涧。
这样的两条路让中年的还乡者
感到晕眩。三十年前,你用
穿解放鞋的双脚一步步
丈量过的那条路,通向了
今天的这条路吗?你认出
桥边的香樟树,捧着同样的
鸟巢,仿佛裸露的时间的
巨大心脏,而围绕着鸟巢飞翔的
早不是同一窝叽喳的喜鹊。

两条路近于平行:在离得
最近的地方,彼此似乎
触手可及,却始终保持

有分寸的距离,仿佛它们
从来没有共同的出发地;
它们之间年龄的落差形成
危险的悬崖,暴露出
一心抹杀对方的阴郁企图。
它们都倾向于相信自己才是
唯一的出路,事实也如此
假如卅年前的一切重来
你能够选择的道路也不会
多于这一条。这是群山对你的
教育。弗罗斯特担心的
千差万别从没有发生;倒塌的
石墙下,穿过蛛网的风告诫
你,这就是所有道路的秘密

2017 年 2 月 18 日

草莓田

这是早晨,成熟的草莓田宛如新妆的
女神,刚刚采摘的草莓含在你的唇间
仿佛尚未吐露的宇宙的叹息

你在未醒的梦中告诉我,宇宙的
形状,其实就像一个篮子,躺卧
在里面的星星仿佛裸体的圣婴

你挎着篮子走在晨雾弥漫的田埂上
就像一个露水里的宇宙的新娘
繁密的星辰以引力彼此猜想和反驳

有时一个新的宇宙诞生:你的纤手
够到它的潮湿,你的光够到它的艳红
而我的舌够到它粗糙颗粒的边缘

你踩过的田埂宛如神秘的超弦

它振动的时候,有人刚刚拿起新月的弓

射中一个处女的秘密的心脏

2017 年 2 月 26 日

蜜蜂

"蜜蜂灭绝后四年
人类将随之灭绝。"

一只工蜂一生为十万花朵授粉,以自己的一生进入花朵的一生,而花朵以感恩泌出蜜液,甜了人间。

但据说蜜蜂的种群正在迅速地减少。

在中国的果园,授粉的任务被蜜蜂人接替,他们执笔在花朵之间暧昧地移动,精心计算秋天的成果。机械蜂是第二波的替换者,它们工作勤勉,但不快乐,不感动。

我已经好几个春天没有见到燕子了。蝴蝶也不翩翩在花间了。

蜜蜂,燕子,蝴蝶,她们预感到什么呢,要把人类抛弃?

2017年6月21日

俄耳甫斯

挖,在最深的夜里挖
进入最深的地狱
在最黑的沙里挖
在最冷的火里挖
然后,与自己的灵魂
你,相遇。

跟随我。从最深的记忆里
醒来,仿佛
从石头中开出了花。
唯一的,永不重复的花。
灵魂的伴侣,莫回头

回头,就变回盐的石柱。

2017 年 8 月 5 日

照夜白

关键是要够快
快得让黑夜
感觉到自己的慢
快得让旷野
感觉自己的逼仄

关键是要够白
否则,黑夜就不会
发现一颗爱白的心
做梦的树林就不会
知道,除了绿色的梦
它还有白色的梦

照夜白,这是一匹马
驮过不世出的天子
这是一匹马,奔驰
朝向皇权的盛夏。这是另一匹
让画家们全都得了失心疯

而盛唐的诗人们骑着它

出入于虚无

2017 年 8 月 10 日

夏天
——为怀斯而作

你凝望一池碧水,于盛夏的正午
它透明,摇动,波光闪烁
然后,从远处,云影移入
不断加深它的颜色,越来越深

直到你看不透它,不再清明
化为深渊。它吸引你,如初次
的爱情,你站上危险的锋刃
一件件脱掉衣服到完全赤身

你宽广的臀部,一如盛大的
夏天展开,甚至连他也不曾
细心地触及。你广阔的脊背
仿佛金色的火焰,一座

燃烧的印第安那州!而你的金发
飞扬如火焰本身。你多么渴望投入

面前的深渊,那清凉,柔软,
永远在阴影中静候的:情人的

怀抱,驱走所有困惑焦虑无休
无止的日常的烦恼。啊,盛夏!
你为何犹豫,难道你依然留恋
这焦灼的人间?为什么于赴身

的刹那,你不禁回头?你看到
什么?炽热的太阳啊,把
所有赤裸的光倾倒在你的背
如一阵猛烈的鞭刑,你的眼泪

夺眶而出:那永远不曾说出的
两个字,哽在你痉挛的喉咙。
往前一步,成为不朽的女神;
往后一步,返回人间的烦恼身。

2017 年 8 月 21 日

藜

一生的努力是要长成
一棵树,在茴香的腋窝
藏起太阳、鸽子和月亮

风,反复拉锯的闪电
在秋天,收割了多少
植物、高贵的头颅

追随天空舞蹈的劲草
你在梦中送给我
一颗出膛的子弹

2017 年 9 月 5 日

2017年6月10日,毛州岛
——赠老莫、艺红、冯强

两个小时,我们被一场突来的暴雨
围困在岛上,廿年不见的旧友
两年不见的学妹,和刚刚认识的
新知,两个老男人,和两个
年轻人,扶着栏杆,眺望着
遥远的,似乎越来越远的山水之城
仿佛来到一艘巨轮的甲板上,对面的
磨盘山像是在呼救中脱离我们远去。

我们说话,实际上是在喊叫。
铝合金顶棚上咆哮的雨声
让我们猛然醒悟空间之外的
距离,仿佛我们也在彼此远离。
一些往事,在两个老男人的心中
浮现,他们曾一起经历过最危险
的事情,这经验让他们镇静
索性躺倒在风雨包围的吊床上。

年轻人总是热衷于提问,老男人们
却不善于回答。他们闭上眼睛
就看到许多张同样年轻的脸,挽着手
走向另一个六月更大的暴雨。
而停止说话的年轻人,正在经历
内心的煎熬,担心这巨轮会不会
沉没,担心遗失的银行卡,晾晒
的衣物,被惯坏的宠物,和爱人……

毛州岛不会在一场暴雨中沉没,
桂林城也不会。但人生却随时
可以,只需要比一场暴雨更小
的意外。事实上,暴雨随时会来
而你,不可能随时带着雨具。
爱你身边的人——我冒充过来人
告诫年轻人:为幸福而随时准备
灾难却不必。幸福,需要爱人照料

灾难,却只能托付给上帝。可怜
而渺小的人,偶然而稀见的幸福……
看看吧,雨过天青,浮云散尽
洪水退下,我们走上泥泞的田塍

但遭遇的不是满目疮痍,而是

田野上金柑吐出的芬芳;滴水的

甜竹林,甚至让年轻人想到,在里边

举办一场别样的朗诵会,毛州岛

的美惠三女神将在其中担任主角

          2017年9月7日

美惠三女神

阿格莱娅,阿芙拉,塔丽娅①
请到我的竹林里来
请和着我的琴音和箫声
跳一支东方的舞蹈

阿芙拉,你高挑的身材
配得上竹林的清姿
塔丽娅,你善睐的明眸
将为碧澄的涧水添彩

维纳斯,请还她们自由
墨丘利,请远离她们
阿格莱娅也是东方的女神
我将给她们一副远山的眉黛

———————

① 美惠三女神的名字通译阿格莱亚、欧佛洛绪涅、塔利亚。

阿格莱娅,阿芙拉,塔丽娅
请到我的竹林里来
请和着我的琴音和箫声
跳一支东方的舞蹈

2017年9月7日

石头记

1979年,盛夏将临,我即将小学毕业
父亲带我去县城参加升学考试
午饭后,我们从山里的小学校出发
走过一条崎岖陡峭的山路;我至今
不知道为什么,父亲要带我走
这样一条难行的路,事实上
这是我第一次走这路,也是
最后一次。开始的时候,山路
几乎笔直上升,两边的山坡上
长满松树和灌木,夏季风散播
野花的芳香,景致令人陶醉
约莫两个钟头以后,我们进入
一个峡口,仿佛来到另一世界
或者说进到山的内部,到处都是
巨石,方的,圆的,尖锐的
平躺的,直立的,互相支撑的
似乎,时间还停滞在远古的
某一刻,这些样貌各异的石头

还一直保持着它们出生的姿态:
植被还没有来得及长起,甚至
太阳还没有来得及照到它们的
身上。一种原始的荒凉和荒芜
震惊了我。父亲和我,一前一后
穿行在狭小的石缝间,像两只
不安地寻找出路的蚂蚁,一不
小心就会被巨石碾得粉碎
终于,道路下降,黄昏时分
我们抵达一处平坦的山口
父亲指着落日映照的一座小城
对我说:那就是城里了。回首
之间,群山随落日隐去,只余莽莽

第二天,父亲帮我办理了参加
考试的各种手续,把我引见给
陌生的新班主任,一个人返回乡下
而我独自留在伯父家,独自等待
人生中第一场独自面对的考试。
从那时起,我离开故乡四十年了
如今,那里的田园荒芜,小时候
走过的路早已被荒草遮没,即使

仍有路,也早已无人通行,更不会有这样一位父亲,带着年幼的儿子,从那一片巨石阵中走出。

2017 年 9 月 11 日

台风过境

台风吹倒了台柱子,仿佛
公牛闯进瓷器店,这南方
知识分子的小社会一片混乱
确证了学术和头脑皆不可靠:
老教授的哮喘病犯了,他的
语言学遇到气候学的瓶颈
一身短打的社会学讲师突然
省悟自己的不合时宜,脸色
苍白,隔壁的逻辑学助手
不停张望阴沉的天空,而中年
的文学时钟在宋词里停摆
只有北方来的民俗学新生
在课堂上一再臆想哪吒的
缚妖索:捆住这海上的老妖
送进老君的炼丹炉炼丹丸
兴许可以治愈大地的雾霾症?

2017 年 9 月 12 日

顾城和多多

从语言的轮盘里,顾城转出
一个年幼的祖国,多多的
祖国白发苍苍

        2017 年 9 月 12 日

9月23日,南京

清晨醒来,窗帘拉开灰蒙蒙的南京;
远处青山像逝者一样沉默。
细雨中,一只白鹭挣脱记忆
从对岸起飞,盘旋,努力往高处上升
但仍低于我的窗口。
一会儿,又像秋风翻弄的落叶
飘坠向微凉的湖面。
我想起,昨儿傍晚刚刚离开高铁站时
高速公路上,看到的
一则广告,"来江宁织造幸福"。
白衣的天使啊,你雨中的飞翔
像一枚闪亮的银针
扎入旧世界迟钝的神经;
让过去的事物一点点醒来。
而我决定拉上窗帘,
到未完的睡眠中追寻
那些在针刺下,仍拒绝醒来的事物。

2017年9月25日

群山之心

车站位于某条公交线路的终点。
村庄位于某座山的山巅,
蹲坐在几座更高的山围拢的山湾,
山湾中有梯田,坡地,茶园,人家散落。
我坐在车站的石椅上,在我的对面
田野上,一株开花的玉兰
像一个巨大的枝形烛台
含苞的花朵如饮露的鸽子,盛开的
像白瓷灯盏,照亮了多雾的春天
它已经这样照耀了上千年
从陈亮、陆游的年代开始
在宋濂和刘伯温的年代,它也这样
照耀。在曹聚仁、鲁迅的民国,也是这样
现在,它照亮一个多雾的年代
这记忆的花朵,仿佛从时间深处
递来的一场婚宴,让我看见
群山之心的温柔的一面
右手几步之遥,是一排无主的旧坟

墓碑上字迹漫漶,已难以辨认
墓中的骨殖到底是谁的先人
保留它们,只是出于一种淳朴的风俗
车站下方是一座半圆形的池塘
小时候,我和同伴曾用剩饭和竹篮
在塘中诱捕刁子鱼,这些小东西惯于
在水下,出其不意地啄啮男孩们的生殖器。
玉兰树左手,是一条蜿蜒的小路
通向一座更小的村庄;玉兰树下
某个男孩吻过村里的某个姑娘。多年以后我来到这里
为了给外祖父母上坟,他们并列的新坟
像一种关于生命的新鲜的记忆,安卧山巅
他们住过的房子,毁于与记忆为敌的火焰
在村中央,掏出一个
巨大的空洞,此刻我坐在石椅上,
不安地等待
表弟的车子,从几十里外的山下开来
把我送回一个几乎难以辨认的县城

2017年9月29日

南方的火车

远来的绿皮火车带来
一阵光的骚动,停靠在
雨夜,一个半空的小站

穿黑色胶鞋的旅客,爬下
幽暗的车厢,仿佛从稻田的
深处退出,提前进入回忆

天堂,拧灭胸房上所有的灯
有时倾心于黑暗,有时倾心于
客栈外两只木屐的交谈

而下在半夜的雨,有时是
饶舌的客人,有时是疯狂的
犬吠,围堵日益稀薄的乡音

闪亮登场的,难免黯然下场
停电的火车有时是一场灾难

就像一间没有新人的婚房

远来的绿皮火车追赶着
一阵光的骚动,驰过
春夜,一个半空的小站

        2017 年 10 月 2 日

中秋

雨后,居家的中年男人添了
衣服。窗前的石榴树因为
摆脱子实的累赘而挺直了身子。

红果累累的美洲海棠继续
弯折着枝桠。槭树的叶子
仍然是青色的,它的翅果

闪过幽蓝闪电。荷兰菊夺目的
紫色在蓝光中涂抹了又一道蓝。
秋花栾树奉献出最后的金黄

山楂的小红灯笼被迁徙的鸟儿
携往天空,而蒙古草原上的马儿
甩开骑手,一直跑出了大地

风骑在山的脊背上,划向

无垠的天海,推开窗户的刹那

撞入了邻妇敞开的胸怀!

2017 年 10 月 3 日

闻俄罗斯科学家炸月计划有感

我完全赞同这一计划,空洞的月亮
无用而且有害,就像诗歌
没有月亮,大海将更加平稳地呼吸
女人也可以免除月事之苦,从此
性爱将不会有任何来自上天的限制
阳光将更加均匀地洒向大地
俄罗斯的土地将长出更多的粮食
足够养活比现在多一倍的俄罗斯人
就像没有诗歌,我们就会有
更多的时间从事有用的工作,好
让全世界的资本家为此认真庆祝一番

        2017 年 10 月 6 日

河上

他们打捞了一番,哭着走了
我仍然呆在发臭的河床上
静静地鼓气

夏末的太阳依然盛大
从水下看,光
果然是七色的

鱼群围着我的身体啄食
有三分痒,就有
七分快

我开始不耐烦的时候
一只突然下潜的翠鸟
把它们赶走了

宝石的光,在水面
持续地闪耀

天色随即暗了下来

我下定决心:必须
到上面去。我继续鼓气
翻身,骑在水的上面

        2017年10月7日

相失

90年代的北京在梦中找到我,送给我80年代的书。

当我在2017年的北京醒来,我既找不到90年代的北京,也找不到80年代的北京。

一位外籍的女士告诉我,她找不到70年代在北京读书时候的北京。她认识的朋友也找不到了——他们都被拆迁了。2017年的通讯录里没有70年代北京的联系方式。2017年的北京对她完全陌生。她的困惑也是我的。

我在故乡找不到故乡。我在自己的梦里一再迷路。我对我是一个陌生人。我梦中的北京是很多个

北京的叠

　　加。为了跟随它的很多个分身,梦中的我跟着分裂了自

　　我。我筋疲力尽从梦中醒来,却无法召回所有的分身。

　　我失魂落魄。梦醒的北京也失魂落魄。

2017 年 10 月 11 日

诗人的恋爱

新诗人爱上旧人物,无中生有
的爱情故事,算不算传奇?
新诗人孤僻,放不下,拿不起,
旧人物的舞台可广阔,吟诗填词
写字,画画,教洋人唱戏,
游园不惊梦,桃花扇底风,
歌舞介白样样精。沧海桑田一回首
赢得新新人类满心的钦敬。

新诗人苦吟旧词章,痴人说梦:
"我有你怀抱的形状。"一日一信,
全没有答复。你在楼上看风景,
看风景人在昆明城双双看电影。
"你我都远了……"可并没什么
鱼化石,只有一番唇舌的搬弄:
"啰里啰嗦的诗人不能惹……最好任
病毒慢慢发,自行发完讨厌的神经病。"

2017 年 10 月 11 日

戴望舒在萧红墓前

我能听到自己沉重的喘气声
就像一列燃料不足的火车
艰难爬坡。在这个脱轨的
时代,我的人生早已脱轨……
欧洲在反攻,日本人的炮火
却还在中国大地上肆意嘶吼
像疯狂的野兽。在你头边
我轻轻放下一束猩红的山茶
就像插入你书架上精心挑拣的
青花瓷瓶,等你沏一壶清茶
打开话匣子;海浪的话匣子
始终打开着,它的喃喃诉说
不断向岸边涌来,向你
也向着这红色的花朵奉献
它们永远不知疲倦的热情。

你倾听着海涛,而我倾听着
你。你将告诉我一些什么?

关于面前的海,关于未知的
宇宙。你知道吗,我也死过
一次,哦,准确说是两次
头次是蛰存的仁心救了我
这一次,是医生和他的医术
但不管仁心还是医术都救
不了背叛的爱情。在这个
四散的时代,一切美好的
似乎都只用来背叛。我们都
爱得太天真。亲爱的朋友
你说,女性的天空是低的
我的何尝不是?

你懂我说的
这些,所以沉默。海风吹着
没有方向的,吹乱我的头发。

唉,我们对人世的要求只是
那么渺小的一点,一张书桌
一个爱人的微笑,一些
可爱的、志趣相投的朋友……
战火蔓延,旧雨星散,为了

这一张书桌,我留下,换来
彻底的心死。也好。对于人
对于自己,在死而复生之后
我终有了一点新的认识。好歹
我扛住了日本人的辣椒水
和老虎凳,也没有屈服于
南京的意志。端木安全了,
也许,我应该先告诉你
这些;他来信索要墓地的
照片,我欣慰于他还有这点人情。
而我的小母亲威胁着要把
女儿送人……

   活着并非幸运
而是巨大的负债,替所有的
死者活下去。你我都不善于
等待。但山河的本性与我们
不一样,"崖山之后无中国"
朱元璋以汉人的耐心等了
一百年,而孙逸仙等了三百年。
海,在等待;海涛,一边
抚慰大地,一边等待。

甚至你也学会了等待,静卧

在岛的最远端,倾听着那边

遥远的、炮火的喧响如虫鸣

而我在重新活过来的那一刻

也领会了这自然的、伟大的教训:

漫漫长夜从此不再漫长

2017 年 10 月 13 日

洪水

大批的猛兽从洪水中爬出,
很快消失在森林的深处,
人们从山上下来,掌起灯,
挖出第一个泥巴的洞穴。

          2017 年 10 月 13 日

拟萧红答戴望舒

谢谢你带来的红山茶,仿佛
在忧郁的冥府,点燃一盏
人间的灯,好让我看见
我活着时全未遇见的好运。

2017 年 10 月 14 日

洗礼

孩子们爬上桌子,掸去
梁上的灰尘,爬上梯子
除掉屋顶的瓦松;橱柜
抬到河边,仿佛尘封的圣器
接受河水与太阳的洗礼。

妇女们用沙子擦洗碗碟。
春联贴好,纱灯点燃,
献给祖先的猪头摆上厅堂
乞儿们年年祈祷的好运
骑着红色的炮仗,来了。

> 2017 年 10 月 15 日

多余的人,多余的生活

三十年前,走出村庄就没人认识你了,
朋友和敌人都是喝一口井水长大的人。
三十年后,走出一条巷子就没人认识你了。
敌人近在眼前,朋友都生活在看不到的远方。
据说,人类有效交往的上限是 148 人,
超过此数的朋友圈都属多余。
梁山好汉 108,凌云阁功臣 24,
超过此数的都是炮灰。
朝饮木兰,夕餐秋菊,诗 300,唐诗 300,
超过此数的都是纸灰。

你拼了一生的努力,就想钻进那个把你认作多余的圈子。

你拼命写诗,浪费了多少纸张,牺牲了多少树木浓荫,

但永远挤不进那 300 禁地,倒生生把你变成
一个想吃唐僧肉急红了眼的妖精。

你是多余的,

为了这条多余的命,你焦虑,着急上火,惶惶

如丧家之犬。

　　不如让有志的人背着天

　　背着地,背着道德和公义,

　　去京城开会,去乡下扶贫,揭穷人的锅盖。

　　小人物不如放下身段

　　坐下喝一壶,古今多少事,都付笑谈中。

　　让那些自以为不多余的,统统变成酒后的剩余。

2017 年 10 月 20 日

星空

西府海棠的枝上有一座星空。
石榴的果皮内有一座星空。
美丽的人儿,你的眼中映着
一座星空,你的泪映着另一座。

2017 年 10 月 21 日

东风夜

这一夜,有东风吹过,木兰迎风开放,
操场边的琴房里,弹琴的人关上琴盒。
穿白球鞋的少女沿星光的梯子跑上天堂。
在雨的薄壁里,怀乡者割出爱情的宝钻。

         2017 年 10 月 23 日

霜降

这一日,雾霾散去,桂花放香,
蜜蜂返回蜂巢,抱成褐色的云团。
放学的孩子在山里失踪。
星光溅在穷人的屋顶上,浪打浪。

        2017 年 10 月 29 日

雨中的花园

雨水中漫长的一天
天空的重量把海棠的
树枝弯成一把弓。

曾经的日子甜蜜
累累的果实
在淅沥的繁响中
躬身于闪亮。

楼顶阳台上,重复演奏的
琴声,有果木的芬芳
与玻璃上颤抖的细流一起
曲折一张枯草上的脸。

入夜之后,练习瑜伽的男人
绷紧苍白的身体,努力承受
窗外不断凝聚的黑暗。

树叶梦见自由的寒冷。
鸟儿梦见逃亡的日子。
河流梦见枯涸的心。

明天起,祖国的大地
将布满霜迹,早起的人
忽然有哀悼的心情。

2017 年 11 月 2 日

秋天

一个常年隐伏于黑暗的
病人,拉开窗帘,看见
面前一排橙黄的槭树展开
一条黄金之路。石榴树的
叶子脱光,露出高枝上
半裂的红色果实,像
挑着过年的灯笼。远山
错着青红。餐桌上一盘
橘红的柿子,一共四个
平躺在一只白色的瓷盘
四裂的青灰的蒂部贴着
盘底。早上的阳光如鹿
跳跃,红色的柿子静静
放光。一个病人的餐桌上
铺开秋天奢华的田野,让他
感到生病而活着也是好的。

2017年11月5日

琴师(一)

那俯身于琴弦的人

如临流自鉴

而青山俯身于他

如临深渊

天地哑默,如一场空

万汇归于膝上的一张琴

音尘不绝

倾心于自我的交谈

而琴心如波心自由于

波心如自心

肃然不动的后背之上

众星旋转

如一团火

飓风扫荡林木

万叶俱碎

听取千年一叹

2018 年 4 月 30 日

琴师(二)

人俯身于一张琴
仿佛俯身于自我,
而青山俯身于人,
仿佛俯身于深渊。

天地沉默如一场空,
万汇倾心于人的
怀抱,一场细雨淋湿
他与自身的交谈。

五十根弦上,琴心
如波心,波心如自心,
自心如日月之转丸。

肃然的后背之上
星空旋转如一团火,
听取千年一叹。

      2018 年 4 月 30 日

棋手

他凝注起全部的心神,置身
黑白两界,仿佛其中的
一颗棋子,在重重围困中
厮杀,周遭堆满被弃的尸体。

又仿佛置身于两军之上,
全不以将士的牺牲为虑,
他只要那个最后的结果
为他的前途开辟光荣路。

他仿佛一次又一次地死去,
又仿佛永远不活,也不死,
收割乡野和城镇,如落穗。

从柯山之巅,偶尔回顾
人间,如遥望中的舞台
灯影宛然,已别一世界。

2018 年 5 月 4 日

自愿下地狱的母亲

天太热,妈妈帮我脱光了衣服,
紧接着,她把自己也脱光了。
然而,天还是热;她突然站起来
向着嘶鸣的空气高喊:"救救

我的孩子,我愿意下地狱!"
许多的手机朝向我们,还有巨大的
太阳。后来,来了几个穿制服的人
把我和妈妈带出众人的包围。

在一个大门紧闭的院子里
穿白大褂的叔叔和阿姨给妈妈
打针,用勺子给她喂药,
仿佛这样就可以把我的病治好。

这一定是妈妈的主意。其实我
不怕痛,也不怕苦。谢谢世上的好人!

谢谢所有人的慷慨！我永远记得你们的恩情，当我和妈妈走投无路的时候。

2018 年 8 月 7 日

橡皮山即景①

——赠桃洲

你有半生的污迹需要委托,
但橡皮山不会轻易满足你的心愿。
毕竟是旺季,旅游公司的订单
早已爆棚,而它只负责擦去山

对于人的债务。经验一再告诉你
追随笔直的道路所能抵达的
不过是另一处戈壁,你吐槽也没用,
乞求也改变不了它的决心。

你承认,你的年岁决定了撒娇
不是合适的做派,抒情也不是。
而它却任你和一朵云讨价还价。
作为命中带水的占卜者,面对山

---

① 橡皮山,在青海湖与茶卡盐湖之间。属青海南山山系,最高峰海拔3817米。

你命令给厌烦透顶的沙漠
一阵急骤的雨。这可是对谁
都不错的结局。但你一生所求
却像本地草原上特产的兔鼠

总能在你接近它的刹那
机敏地躲进它藏身的洞穴：
它长长的耳朵和突出的龅牙

像是对多情者的无情嘲弄，
所有不自带抵押保险的情种
这自然的女儿已给他足够的教训。

2018 年 8 月 13 日

峨堡城①

——赠桃洲

道路可北可南,北去张掖,
南到西宁,偏一偏,往西
两个钟头就到祁连的腹地,
也是天的腹地,曾怀抱世上
最美的玉。方向多如线轴
人却只分两种,经过者和
定居者。对于峨堡,所有人
都只经过,因为峨堡就是
道路,就是你在路边偶然
用手机拓下的一张风光照。

我们一起经过,几乎没有
停留;开车的马师傅每周
经过一次;卖黄菇砂锅的

---

① 峨堡,亦作俄博、敖包,蒙古语音译,原意为路标,后引申为路神。峨堡镇位于祁连山麓,青海祁连县东部,与甘肃接壤,海拔3 400米。

好看的维吾尔姐弟,等到下雪,
就回到低洼的吐鲁番或哈密;
藏民逐水草而居,在
封山前,带着他们的羊群
和牦牛,回到温暖的谷地。
在古代,多须的匈奴跃马经过,
剃须的汉人沿此路跋涉,赎回

经卷;突厥,吐蕃,鲜卑,
党项,契丹,回鹘,蒙古
纷纷经过,侵掠,攻伐,一层层
尸体埋入地下。而留下的
并不是勇敢者的后裔。而轮子
依然像贪婪的肉体、心,向
道路滚滚而来。所有的人马,
狼群,武器,经过,消失,
遗忘,而地址永存。我们被迫
负担的罪永存。你拒不承认。

2018 年 8 月 15 日

思维佛

用一手支着腮,因为思想
是重的,即使菩萨的头颅
也禁不住正在成熟的佳果
另一手,托着这手的肘部

枕在盘腿而坐的膝盖上
在脚踝附近,一只蜘蛛
织了一圈网,因为思想
是慢的,最轻微的碰触

也会改变它运行的方向
身外是静寂的宇宙,身内是
娑婆世界,在火焰中焚燃
他的头顶,飞天洒落花雨

困难的是一个决断,对于人
或菩萨都一样:彻底觉悟

或者,向下步入无间地狱

如果是永劫,就誓不成佛

>
2018 年 8 月 18 日

理查德·罗素①

一切幸运都是偷来的。引擎
发动的刹那,我已了无牵挂。
霞光在眼前展开壮丽的风景,
飞,成为天空中唯一的星辰。

多好啊,一个好人丢弃几乎
用了一生的面具。他们不知道
一个地勤的生活就像一只蟑螂
在人的阴影中躲躲藏藏,消耗

于行李的上上下下。这简直
荒唐,对飞的行业。塔台说:
"我们为你空出了最左边
的跑道,你在那里可以安全

---

① 理查德·罗素(1989—2018),美国华盛顿州西雅图塔科马机场地勤,2018 年 8 月 12 日,未经任何飞行训练的他从机场停机坪偷驾一架 76 座客机上天,75 分钟后在西雅图附近普吉特湾的一个小岛上坠毁。

降落。"我说:"如果回到地面
你猜他们会给我一份飞行员
的工作吗?"他说:"我肯定
他们愿意给你任何想要的工作。"

但我并不想降落,我倒是想去
看看那头奇怪的鲸鱼,漂流过
一千五百公里,托着宝宝的
尸体。我是放弃还是被放弃?

生死的距离总超过我们的想象,
但我要把它缩到最小。我也许
只是一个坏掉的人,哪儿几颗
螺丝松了。可我并不想修理,

如果修好了,仅仅让你变回
另一颗螺丝。在海上迫降
不算一个好主意,也许会让
悲伤的母鲸再次受惊,我可不想

做下让我后悔的事,更别说
打扰那些无害的生灵。那么

就试试旁边这座荒岛吧,让我
看看硫磺味的火焰,能否惊醒

那些欲睡的同类,告诉他们
飞,是唯一的事情,值得你我
付出生命,甚至爱,那一再
被我们延误的爱,错会的爱。

2018 年 8 月 19 日

席地而坐的大象①

再不会有大象了,你听到的
只是大象的哀嚎,在大地之外
一个庞然大物如何死去,超出
我们的关心,变成了一项空缺。

我尝过自己的泪,当爱人饮泣
我尝过她的泪,却不能增进
我对她的理解。我背负的债
不断加码,因此,我和世界

彼此越来越厌恶。写作,恋爱,
我要表达什么? 一根线把我
吊在半空,像蜘蛛一样挣扎:

---

① 《大象席地而坐》是青年作家、导演胡迁(本名胡波)电影处女作。胡迁于2017年10月12日自缢。影片于2018年2月16日在德国柏林电影节上映,获费比西国际影评人奖。同年11月获金马奖最佳剧情长片、最佳改编剧本奖等。

这线是我的骄傲吗？还是原罪？

世界的手中握着明晃晃的剪子，
它说:需要拯救吗,我的孩子？
绝不！我的骄傲还够跟它赌回气，
我扬手挥断自己的脐带。

        2018 年 8 月 19 日

当代英雄

觉悟得太晚,在第一拨冲锋时
未能占领到最有利的地形;
潮水般涌来的都是战利品,
男人,女人,车子,房子……

"金钱不歧视",唯一的准则
和第一推动。眼泪和欢笑,
一切都得到清算,还有梦想。
我几乎得到了我想要的幸福。

但这一次我仍然觉悟得太晚,
金钱清算一切,也被清算;
潮水般涌来的,也潮水般退去,
人生的迟到者活该被搁浅。

这最后的觉悟还算及时吗?
面对如此险峰,毕竟我负青山,

青山负我?松开保险绳,恍如当时少年,一心梦想飞翔①。

2018年8月21日

---

① 2018年7月24日一中年男子在华山长空栈道跳崖。

天空之镜

你向往远方,想到远方看看草原,天空和戈壁。

你到了远方,看到了辽阔的、巨大的
草原、戈壁、天空和云,点缀如蘑菇的羊群,
还有骏美的马儿。还有拖长了尾音的歌声,天空的歌声。

但你在天空之镜中只看到自己的衰老和丑陋
就像你在卧室的镜子里看到的。

你用艳丽的围巾裹住自己的身体,对着镜子
起舞。

天空之镜映照它的艳丽,也映照你的疲惫、心机和不甘。

当你转身离去,天空之镜把你还给你自己。

你走出遗忘之乡。天空之镜懂得这遗忘的语言。

2018 年 8 月 20 日

八月之光

八月的草木猛烈生长,
如少年的渴望,掩去
兔子的洞穴,掩去花朵。
归来者猛然发现,道路

变窄。弯曲的山径两旁
荆花散播最后的芬芳;
抽穗的狗尾草站着做梦,
蝉鸣声中,飞机吐烟

经过头顶,绕圈盘旋,
在归来者心头带来
陌生的不安。说吧:一场
急骤的雨就可以改变。

季节的繁荣已临顶点,
天空高远,黄昏提前,

八月之月为未亡人而圆,
八月之光是死亡之光。

2018 年 8 月 24 日

树林之歌

穿行于林中小路,
向草木世界致意,
于山巅眺望落日,
又下降到低洼的
旷地,谛听泉水
如珍珠一滴滴渗出
犹如死亡的暗示。

一只着急的鸟儿
曾在夏天鸣叫,
如今不见踪影。
小鸟去了哪里?
它可能已经死亡,
就像我们的青春,
忽然了无痕迹。

穿行于林中小路,
天色越来越幽暗。

在北方的树洞里
冬眠的大熊缓缓
苏醒:一旦大雪
突降,包裹树林,
万物就进入死亡,
异乡人也要入梦。

          2018 年 8 月 24 日

早晨的树林,黄昏的树林

穿行于早晨的树林,
仿佛走进大地深处,
那诞生万物的子宫,
让生命由衷欢欣。
一切仿佛刚刚苏醒,
鸟鸣如颂歌泛滥,
阳光明媚照耀,
泉水之光反映树梢,
爱人们在雾中做梦。

穿行于正午的树林,
仿佛步入节日华筵,
爱人们携手漫游,
歌吟,沉醉和欢笑,
于彼此温柔的怀抱
看见彼此的灵魂。
喊山的声音回荡林间,
生命的欢乐顶峰

好像永不会结束。

穿行于夜晚的树林,
仿佛走进大地深处,
长庚升起又落下,
那盛纳一切的古瓮
命令爱人告别,
摔碎痴情的镜子。
一场大雪宣告:
进入万物的死亡,
如自己丧失根柢。

2018 年 8 月 24 日

论象征主义

麦浪在琴弦上起伏,
群山在屋顶上逶迤,
星光拉直守夜人的信仰,
鱼的姿态进入舞蹈者的梦中。

秋风吹起,大雁乘风南翔,
大雪降落,万物冬藏,
一个人死去,就像你自己死去,
内心一层层蝉壳脱落……

2018 年 8 月 25 日

第二辑

组诗

无处不在的大海(组诗)

鸥鹭

海偶尔走向陆地,折叠成一只海鸥。
陆地偶尔走向海,隐身于一艘船。
海和陆地面对面深入,经过雨和闪电。
在云里,海鸥度量;
在浪里,船测度。
安静的时候,海就停在你的指尖上
望向你。
海飞走,像一杯泼翻的水
把自己收回,当你偶尔动了心机。

海鸥收起翅膀,船收起帆。
潮起潮落,公子的白发长了,
美人的镜子瘦了。

一队队白袍的僧侣朝向日出。
一群群黑色的鲸鱼涌向日落。

2016 年 4 月 7 日

文昌石头公园

大海,在我的呼吸之上再加一口气,
大海,在我的泪水之中再加一粒盐。
大海,涌向天边的波澜,化作血液
在我的身体内沸腾,滚动,永不消失。

大海,你肮脏的苔藓爬满我去年的脸;
人间失落的信仰,刻满我全身的咒语。
大海,你烈日的寂静鞭打我的灵魂:
再见,野蛮的天空;再见,漫长的时日。

2016 年 8 月 12 日

淇水湾之夜

七个人在天台上喝啤酒,后来又来了七个
天上的星星在薄雾中谈话,彼此交换着光
午夜过后来了第二阵雨,星星们领先退场
先来的七个和后来的七个继续喝着啤酒

海风吹着,他们谈话,有时候不谈话,
让沉默占领淇水湾越来越洪荒的空间
偶尔有崩落的词语斜飞,在海水里熄灭
"好大的流星雨",某处的天空有人惊叹

2016 年 8 月 14 日

从铜鼓岭眺望大海

海鸥骑着白色的书本会见大海,
它的笔记停留在一连串的惊叹。
从铜鼓岭远眺晦涩的博大辞典,
以宇宙蓝为天头,以宇宙不蓝

为地脚。古老的月影锻造大海渊深,
热带的爱情之夜摇撼水晶的宫殿;
当黎明的拖拉机犁过漂浮的土地,
游向大海的长发青年难掩酒色的心。

2016 年 8 月 14 日

海洋之歌

黎明的大海,从你的亵衣上
撕掉最后一枚红色的纽扣,袒露
野性的身体和雪白的心意

午后的大海,我扔给你一枚
二十一世纪的铜币,旋转吧
我的灵魂,在浪涛间欢快地跳跃

黄昏的大海,你这野蛮的狮子
我的盲目觊觎过你荒凉的果实
我的双脚已登上你蔚蓝的台阶

夜晚的海滩,这最后的净土
当我向你发动一场突然的台风
咆哮着,你合上最后的怀抱

2016 年 8 月 16 日

无处不在的大海

睡在半空的大海,站上树叶
跳舞的大海,向人群扔出
一阵阵木瓜雨的大海,椰树下
捂脸睡觉的大海,用吸管
从椰子里汲取歌声的大海

乌托邦的大海拍遍大理石栏杆
斧头帮的大海刚刚砍倒一阵
叛乱的风。哭泣的大海,撕碎
丝绸睡衣的大海,台风中亮出底牌
苦行僧的大海一辈子默默无语

没收了我的爱情和胰腺的大海
装上画框的大海,伸出闪亮的
银十字架,变成三千云朵的大海
狮子的大海缩小了痉挛的胃
卷入旗帜的大海拨转时代的风向

咬牙的大海，摔门而去的大海
绝壁上玩转体操的大海，大喊三声
永不回头的大海。梦中追上我的
大海，冲上大陆扬言报复的大海
无处不在，迎面掷向我鼻子的大海

        2016年8月16日

鸥鸟的鸣叫永不疲倦

鸥鸟的鸣叫,永不疲倦的波光
删尽你一生中所有多余的时刻
唯一一颗高贵的头颅依然高昂
绝不承认那叫我们俯首的事物

跟随鸥鸟飞翔到鸿蒙的蔚蓝里
跟随波光跳跃在永动的浪峰上
这宇宙的女体永在分娩和更新
这女神永远在歌唱别离的欢欣

2016 年 8 月 17 日

七个郑和

我的心渐渐有了大海的形状。
从空中随便抓一缕风,就能闻出
满剌加,苏门答剌,榜葛剌,木骨都束
的味道。追随我的、诞生自大陆的鸥鸟
渐渐忘了它们的出身;有时候,它们
飞鸣着越过我,仿佛一队队大陆的亡魂。

大海啊,我的老对手,我的老伙计,它知道
我的身体在渐渐老去,它夺走我的青春
却以一颗日益磅礴的心作为报偿——
我航过的每一寸海的土地,都是道路
盐的道路,茶的道路,瓷器和丝绸的道路

万里江山养我浩然之气,大海养我
自由和天空;陆地消失的时候,身体
依然是陆地的碎片,船帆依然是
风的姿态,云的姿态。我的心却渐渐忘记了
它所来的方向。我的眼目更加锐利:

我看见乌云背后,闪电的巨大意志燃烧
我航行在滚滚的波涛上,也航行在火上
作为火,我站起来,代替一个大陆回答
大海的提问:农人啊,你们收获稻麦和家园
我的航行收获风,波浪,星空,盐和海啸;
在我之后,麒麟,天马,紫象,佛牙,马哈兽

在波浪之上,找到了它们通往亚洲的道路。
我立定在甲板上,水手们就安然入睡
我闭上眼睛,六个郑和就从我眼前经过
六种姿态,六种步伐,六个声音对我说话
还有一个内陆的孩子,在战场上失声痛哭
今夜,那六个郑和拥抱了第七个

大陆因海而生长,我因空虚而学会飞翔
今夜,六个郑和一齐从天上转身
走进这第七个。在北极星指引下,这第七个
作为大海的舰标矗立。鸥鸟越过头顶
船队远逝,大海中央,第七个郑和停止了望乡

2017年7月18日

此刻,大海有光

一面巨大的镜子从海底升起
接纳了这尘世的、疲乏的灰烬
愤怒的火焰在海水中平息自己
浩渺蓝缎展开柔软的身体
此刻,大海有光,在洪波中停驻
倾倒出古老的舵轮、锚链和兵器
鱼群的脊背陡然震颤而弓起
一队军舰鸟奋力向太阳展翅
深渊里,响起遥远的蚕桑的歌声
如黄金的钟磬,在大海深处播种……

2017 年 10 月 2 日

群树婆娑

雨的猛烈敲打,从闪亮的
生铁的铠甲
解救出众树的深心
仿佛每一个安静的身体内
都藏着一个永不衰竭的海

仿佛扭转大海的方向
仿佛一整个大海奔向贫穷的大陆
仿佛一整个大海的鱼跳上大陆的桌面
众树的骨头跳出大海的节奏

一整天,雨的敲打越发起劲
众树身上的叛教者越发恣肆
一阵风的猛烈摇摆把燕子
从众树的耳朵抛向铁青色天空
像一把抗议者的黑色铁钉
彻底解除

困扰整个夏天的痒

众树的凌空一跃
舞蹈的神连同湿滑的面具
从空中跌落

(大海,请在我们的身上停留
星光,请拉直我们的乱发
风,请踏过我们的头顶
雨啊,雨啊,像闪电劈开
我们的肢体
从我们身上剥出鱼的骨头。)

2017 年 10 月 9 日

大海不断升高

大海不断升高,淹没城市村庄
火车惊恐尖叫,飞机来不及起飞
被深渊里伸出的巨手拽进海底。
摩西说:把波浪分开
让犹太人通过
埃及人望洋兴叹
他们的神不通水性。

犹太人沿大海走下,一层
一层,掀开地狱的盖子
走进黑色云层的内部
看见祖先扭曲的脸
越来越狰狞
直到那唯一的
一对,直到
另一个黎明
人类脱胎换骨。

2017年10月16日

故园，心史（组诗）

陶渊明

这季风抚弄的稻浪让我欢喜，
自从回家后，屋檐下柳树的浓荫
又伸长了一尺，安抚我的归心。
我感到人该像植物一样定居下来。
动物们跑来跑去，在路上弄丢了
自己，他们依靠不停进食和迁徙
来填充他们身体中的无；植物们
把根深扎在大地上，阳光和空气
无所不在，所以天地是它们的。
我说，人应该回到家里，和植物
一起生长，让鸡、狗和牛跟随我们。
院子里该有一口井，那是人伸向

大地的根;炊烟升到空中,那是
房屋的翅膀。有这些的地方叫家;
先人传给我们这些的地方叫故乡。

人真正的需要不多,而且容易
满足。重要的是用心灵的标准
来衡量,不为别人的目光
改变自己。向内看,我们也像
植物一样自足圆满;也有来自
上天的清明的事物,源源不断地
循环。我是一个快乐的人,少年
之际,精力充沛,一整天高高
兴兴,别人问我:为什么快乐?
我答不上来。也许我该反问:
为什么不快乐?树木生长,鸟儿
调弄歌声,风揉弄春天的新苗,
都是让人高兴的事。我爱我庐,
落日下,鸟儿飞归它们的巢穴,
燕子在旧巢前低飞呢喃,带来
故人的信息。回家是多幸福的

一件事!我也曾在路上迷失

自己。他们说,你不能让孩子
和他们的母亲挨饿。也许他们
是对的,口腹的需要压倒了
道;人们习惯了这样,但我
感到耻辱;官场的不堪有时甚于
挨饿。贫穷而自由是好的,在
自己窗下裸裎而乘凉是好的。吃
自个儿园中刚摘下的菜蔬也许
更好。接受邻人的馈赠或者
馈赠邻人并不令人不安。自由
是可以在阳光下行走,听风听水,
听自己的心跳,而且对这一切
感到满意。

   劳动是不变的道。
通过它,我们抚平身上的创伤
并走向万物,万物也经过它
走向我们;所有心愿在劳动中
满足。女人在汲水时歌唱着,
男人在肩着柴捆时也歌唱着。
劳作辛苦,但心却是豁亮的。
如果忘记收获,劳动本身的

快乐已补偿我们付出的辛劳。
春天了,农人们召唤我到南山
播种;秋天了,人们结伴到
西田收获。农人的假期是美好
的天气,泛舟西溪,让风和
流水把我们送回村口;月亮
升起,照见船中未收拾的杯盘。

酒也是给人带来快乐的东西,
如果你本来快乐。假使你
不快乐,它就让你更加不快乐。
酒的道就是人心的道,自由的
心灵,酒让它更自由,与大化
同在;不自由的,它奴役他,
让他永远沉沦。生死不过是化,
宇宙也是。庄稼生长,收获粮食,
酒是粮食之灵,人和酒在一起,
就是和万物相遇,也是和自己
相遇。所以,你要和自由的人
一起畅饮。我和农人们饮酒,
围坐草丛;和朋友们在月下欢饮。
酒温暖了我的心,我抱着

无弦琴,听前溪的清音,写下
令我迷惑的诗篇。我对贵客说:
我要睡了,请你离开或者
留下,和自己对饮。我也和
影子对饮,天地有无都在一念。

人间草木令我迷恋,就像自由的
心。我爱人们。我没有为五斗米
折腰,但我也没有诋骂某人。
清浊都是值得的一生。我的一生
也许不是榜样,但我的诗却是
先声。诗的诞生是重要的:我写下
《归去来兮辞》,让一个种族拥有
家园;写下《桃花源》,让自由
的人们拥有梦想。就像种子不死,
诗也不死。我感到未来的少年
走过拱桥,读我的诗篇,那桥身
的颤栗传到我的杯中,那时
我就是桥下的流水……我写下
采菊东篱下,我就成为一朵不断
重生的菊花,一直在秋天
明亮的风中,散播秘密的香。

不要相信那些不经的说法,我
不是一个受贫穷折磨的苦恼人,
隐者也是一顶虚假的冠冕——我
不得不戴着它和你们相见。
但是你们最好忘记它,我唯一
可以向你们担保的是我的快乐,
直到临终我都是快乐的,我心
安宁,像花期的植物一样安宁……

2015 年 10 月 9 日、11 日

谢灵运

我独自渡过了江水
我的影子没有过江

我成为一个没有影子的人
独自面对江上的风和海上的风

我把影子留在山里
我把怀念留给斗城

我把四面的窗全部打开
我让八面的风把我的心吹乱

这是在江心,四面空阔
我的心也空阔

空,我就看见池塘生春草
阔,我就听见园柳变鸣禽

影子已经毫无用处了
身体也毫无用处了

我立下遗嘱,要热爱山水
造就辽阔的心灵

将要赴死的是一具毫无用处的皮囊
将要不朽的是命运赐予的两三诗行

        2016年5月7日

杜甫

乾坤日夜浮
　　——杜甫

从我出生起,这雨就一直在下;
这风就一直在嘲弄我单薄的衣衫。
山河坼裂。潼关已破哥舒死。
女人们哭瞎了眼睛。皇上带着他
的爱妃,逃出了京城。在马嵬坡,
他证明自己是一个怯懦的情人。
彻底的失败。他和他的帝国都老了,
在危险面前丧尽了勇气。追随
皇上的榜样,所有的人都在逃。
狗在逃。马在逃。房子在逃。
河流在逃。桥也在逃。逃,是
一枚飞不出去的果壳儿,把
男人和女人的心关在它黑的内部。
逆着逃亡的人群,我一直走,走向

我所不知的地方;我一生都在坚持
这个动作;寻找那个携着光的人。

屋漏连阴雨。受寒的孩子被自己的
哭声惊醒,徒劳地,妻子用尽家中的
盆、桶、罐,接住雨水,设法给孩子
留一个干的被窝。苦楝树在洪水中
呼喊;我担忧其他的孩子和母亲,
我也担忧朋友们,从北庭归来勤王的
老同事岑参,奔走于剑阁蜀道的高适;
我最担心那个不知世途险恶的蜀人:
他把自己当成补天者,一再把自己
驱入险境。坐在黑暗里,像坐在一艘
漏水的船里;我一生都没有离开这船,
漂浮在祖先的河流上,盼着大地放晴;
船外,是隐伏的仇恨和杀戮。风在
呼啸,带着对人的难以言喻的轻蔑;
冷,是彻骨的湿和冷,围困船内
渐渐暗下去的烛光。只有靠近心头的
地方,还有一丝温暖。也许这就够了。

一个女人的死撕掉了帝国的假面。

而我废弃了圣人的理想,不再做梦,
人们也不需要有人用真话揭破
他们酣睡的大梦,所以我离开。
我一生都在离开。但我真的离
开了吗？我走过的每一个地方
进入我的诗。还有那些互相惦念
的人,死去的和活着的;那些
清晨的花,开过的和未开的;那些
事,温暖了我的和刺疼了我的;
那些恨,那些血。都在我的心里呢。
那些水上嘶哑的呼喊,沉没了或者
被风带走,当我闭上眼睛,都能
在我的心中一一找到,一一复活。

我对自己说:你要靠着内心
仅有的这点光亮,熬过这黑暗的
日子。无边的空间,永无尽头的
流亡。山的那边,是山;路的尽头
是路;泥泞的尽头,是泥泞;黑暗
之外,是更深的黑暗。在自己的
祖国流亡,也在自己的内心流亡。
然而,黑暗愈深,内心的光也愈亮。

而光也就是诗啊。春天来了,草木
浴血生长,杜鹃啼血,而农人们
仍在耕作。这是伟大的生存意志。
女人们背负着孩子,那是未来蜷伏在
她们的肩上,眺望着又一天的黎明;
在春天,竹子的生长被暴力扣住,
在石臼的囚牢里,它盘绕了一圈
又一圈,终于顶开重压,迎来了光。
于是宇宙有了一个新的开始。

黑暗太深。我担心人们会习惯
暴力,甚至爱上暴力,失去了
那唯一可以依凭的、柔软的心。
当人把琴当柴禾烧的时候,上天
选择我,作为宇宙的泪腺,所以
我写诗,每日,每夜。这是我的
补天大计。世界从一首诗开始,
世界也会在一首诗中新生。我
记下我的哭,记下百姓的哭,
和那些无耻的、残忍的笑。
我要让后来的人们记住:记住
诗,也就是记住了光。我走过

这个无光的世界。我一直
爱着。这是唯一的安慰。
我死的时候,我说:"给我笔",
大地就沐浴在灿烂的光里。

           2015 年 9 月 17 日

李商隐

春心莫共花争发
　　——李商隐

辽阔的夜。这晚来的雨下得
越来越急。帘外,是冷的世界;
帘内,是微温的心。一点灯光
照着我渐醒的心,一杯残酒
加热我的梦,又一点点冷去。
世界,我和你之间,隔着一场
永远下不完的雨,而爱人永远
裹着冷的雨帔,让我们猜不透
她的心。此刻,几乎被抹去的
邙山之顶,那抖动的一点光是
为我的么?每个人都那么遥远,
我爱的和爱我的,你们的逝去
把我剩在这世界的一隅,继续
梦这永远的梦,似永不结束。

这北国坚硬的雨,打在心上

让我想起江南,那些我凝望过
的地点,我渐渐模糊的一生;
它们像泡影一样消散了。我
的一生像一双配不成对的
鞋子,充满谬误。我相信过爱,
相信过春日的光。我的道途
一直在告别;江湖阔远,月光
寒冷,我飞过的天空过早地
把我的背压向大地。我的梦!
也许,只有梦值得我们活下去,
也许,梦就是我们内心的法则,
一片内在的星光璀璨,诉说
另一种非人的语言。人间的权势,
人间的笑,甚至人间的泪,
都会变质,只有它永远新鲜,
带着最初的神秘和光。梦,
是我们唯一能够接近的永恒,
禁苑中的花朵。我曾以我的
骄傲回击显贵们的轻蔑,
我还要以我一生的谬误反驳
他们教科书般永远正确的一生。
我从不在歧途痛哭,我祈愿
歧途上的谬误来得更多些!

我相信过爱,可是这世上的
爱人是多么少!我到访过银河
的尽头,收获过织女的馈赠;
我们一起眺望过星星坠落海上,
雨下在窄窄的河源。光的织女!
支机石雕凿的砚台让我的笔
在长夜里放射五彩。她说:
情在,命在。而我以一生的泪
赌了这句誓言。在这告别之夜
我的泪流完了,变成了人间的
几首诗,几句话,让口拙的
汉人,在表白爱情的时候有了
语言。以前,我反复梦见星辰
坠落地上,变成石头,消磨了
它的光,长上了雨痕、青苔;
而载我归去的红鲤已在风雨中
靠泊码头:"一个人飞出自己的

肉体……"①我的一生开始于此
结束于此。而后人将用麦地
环绕我的墓室。麦地!这生活

---

① 引自朱朱诗《驶向另一颗星球》。

的光,生活的玉,永远碧绿而
多芒。千年后,我还会在光中
游戏,看来来去去的人掩泪
……那时,我还在人们中间吗?
我还爱着。我的心,还耽恋着
谜一样的花烛,放着光,替自己
惋惜,也替你们,失败的爱人。
然而,也许你们就是上天选中
的人,也许失败就是不灭的光,
最后的成就,也许我就是你们……

2015年10月18日、24日

苏轼

文明就是造就文明人
　　　——罗斯金

我喜欢梅花,喜欢竹林,也喜欢
喝一点酒,但酒量不大,最喜茶
可作长夜饮,一生不解失眠的
滋味。我喜欢美食,自己动手的
最合口味,偶然兴之所至留下的
那几道菜肴,人们品尝了千年
还会继续品尝。我喜欢亲人
团聚,但不得不容忍离别。父亲
和弟弟,我一生中最珍爱的亲人
生前聚少离多,死后却长相厮守
一个名字下拥有三个最好的灵魂。

那年我们一起入京,途经的每个
驿站都成了明亮的记忆,而我
爱上了中国壮丽的山川。为此

我宽恕所有的政敌,他们的阴谋
和陷害让我饱览了最遥远,也最
奇异的风景。我一生始终保持
兴致勃勃,见识了最神秘的异人,
品尝过上天赠与的友谊的佳酿。
流连在陌生的山水间,我常常
把鞋子走掉了。然后,下雨了,
朋友们扔掉他们的帽子,我
也扔掉我的衣裳,我们的身上
开始长出植物的皮肤,绽放成
一树树闪亮的梅花,柔软了人心。
有时候我也是一只白鹤,用飞翔
向天空致意。

  我一直喜欢
涂涂写写,人们管它们叫书、画、
诗词、文章,它们不过是我呼吸
的留痕,梦的碎片。而我最珍爱
那些随手写下的信札,与另一些
我珍视的灵魂分享这可爱的人间。
世界是好的,一些人试图把它
变坏。变得无趣。圣人太多。

而我重视常识甚于玄学,诸教
之说,我取其近于人情者。生命
值得拥有,它让我喜欢;上善若
水,我心如流水,也如白云。
这世界该多一点温暖。这是
最好的道理。

    鸿飞不计东西,
但长久的乡恋让我选择汝水
之畔的这处山坡作为归宿,
它太像我的家乡,靠近中国
的心脏。在死后,我的耳朵
头次如此贴近大地,我获得
绝对的听力:草木的呼吸
震动山川,蚂蚁的行军引诱
隐约而遥远的鼙鼓。这个
无人看守的世界依然沉醉于
丝帛买来的和平:弄权的
继续弄权,醉的醉,歌舞的
歌舞,瓦舍勾栏依然万人
空巷,装圣人的继续装。
没人预感到时间将很快夺走

他们现在所有的:最高贵的
将成为最卑贱的囚房,此刻
醉心于炭烧的,将被迫吃下
最难咽的食物。而我已拥有
大地青山,我知道我并不高广
的坟茔,将比帝国的城基稍微
坚固一些;而时间最难以消化的
是我偶尔说给世界的那些悄悄话。

2015年9月9日

高启

你侧身躺着,对旁边的黑衣人
说:"动手吧,使出你的看家
本领!"那粗汉咕哝着后退一步
第一刀狠狠砍在你的肋骨上

长刀被弹了回去。他啐了一口
第二刀瞄准腰的位置,刀子
深切入肉,但并没有完全切断
整个身子。你摇摇头,几乎

笑着说:"小子,你该更尽力些。"
你用一个手掌抵地,撑起
上半个身子,另一手扯断了
上下半身相连的皮肉。然后

你开始用双手掏挖内脏,从胸腔
掏出心和肺,从腹腔掏出肝和胃
你说:"让我最后看看,这些我们

称之为内在的东西。"你大睁着

眼睛,细细凝视,似乎一切还令你
满意。你说:"它们终究是干净的,
我不用为自己的半生后悔。"说完
你慢慢闭上那双终于洞彻内面的眼睛。

          2017 年 4 月 2 日

返魂香(组诗)

莺啼序

消逝的梅花香撩动波浪的心弦
露水中,一个琉璃光的世界
被春风草草拆看。花的心里

一尊花心的佛,惯听软语呢喃
你在青绿的枝上唱一上午
春水就涨了一个艳阳的下午

白天如试石,磨亮下午的歌喉
夜晚如鞘,收敛绿天使的翅膀
翻转的口袋内花落如雨

而你一再倾吐的光的黄金缕

在波浪的蝶翼上悄声咏赞

一片叶,一片痴情的江山!

2017 年 3 月 4 日

忆江南

春风被偶然打头,在流水里
倾尽落花。岸上垂钓的老者
守着一个空无而固执的理念
仙鹤,是路过青瓦上空的云

留下关于远方的海的秘密
鹭鸶,衔走稻田里的倒影
巢于青绿的松枝,燕子
巢于乌黑的檐下,你的江南

是藏在山中的。多年以前
空气仍然透明,未出嫁的
表姐是人间最美的;我们一起
走过的桥爱上自己弯曲的倒影

流水一直在述说它的身世。而

少女的心事是不能说的,心酸的

故事,还在等一个美妙的开始

声音,还在等,善于辨音的耳朵

　　　　　　　　　　　　　2017年3月4日

鹊踏枝

两个花脸在梅树的枝上叫喳喳

一个说露水里的红梅最妩媚

一个说晚霞波浪里的白梅最妖娆

它们从树腰吵到树梢

从树梢吵到树冠

吵醒了上午,又吵醒下午

闹醒蜜蜂,又叫醒蝴蝶。兄弟俩直嚷嚷:

这俩花脸真烦人,不如我俩一起

唤醒红梅白梅好姐妹,赶走这俩讨厌鬼

蝴蝶扇风,蜜蜂挠痒,红梅白梅全醒来

揉揉眼睛,瞧瞧太阳,攒着劲

往高枝上爬,晃晃树枝,又掂掂自个儿的分量

两个花脸看见,一下成了哑巴

忘了吵嘴,也不说话,也不叫喳喳

一个劲儿在心里惊叹:花开,如神在

           2017年3月6日

鹊桥仙

成熟的智慧在于懂得建筑的

艺术;如果还有机会,喜鹊

愿意警告愤怒的精卫,海

永远无法被填满,就像欲望

你填进的越多,它就越膨胀

像骄傲的乳房足以第二次吞没

一只飞翔的鸟。建筑的本质

不在于营造一个自我的安乐窝

而在于怎样在虚无的波涛上

修成一道上升的拱形,引渡

那些得罪过天使的星辰和光

人间的少女,曾日夜祷祝

喜鹊的翅膀。爱的翅膀几乎

肯定会自己长出,智慧却不会

勇气也是,所以你决意移居

到附近的杨树上,做喜鹊的邻居

        2017 年 3 月 11 日

祝英台近

蝴蝶和花互相经过,就像
我和你。所有的日子卷入
无限轮回的莫比乌斯环
此刻终于找到唯一的出口

你经过我,我的蜜腺就涌出
芳香的蜜,几乎带着胁迫
携往神驰的天堂,那里
一朵镜花也有自己的弦歌

我经过你,你的血脉便偾张
你的翅扇动,我的蕊便挺立
昨日拈笔的手指无心地一触
迷惑今日的我,教我独自警醒

我俩彼此经过时,最深的心

便知晓最难诉的秘密。说吧

我们的命中从此没有凋零

只有迷醉的翩跹,凌驾虚空

       2017 年 3 月 12 日

临江仙

凌波微步,罗袜生尘
　　　　——曹植

从自我的源头源源涌来
这虚无的波涛,汇流成
难以逾越的森森大江
来自对岸的风不断掀起

巨澜。你说,修炼就是不断
腾空自己,在经年的黑暗中
呕心沥血,吐尽尘世的俗念
如春蚕,吐尽最后的光

褪出陈旧的自我。关键是
要在洁白的茧中强行长出
一对无形的翅膀。面对江上
的晨雾,刚刚诞生的新我

近乎苍白,而从岸上迈出的
第一步几乎是动摇的,像
试飞的雏鸟被身后料峭的风
推入巨大的空虚。你必得用意念

把没入碧波的裸足抬升到
空无之上。水面上刚刚绽放的
荷花,凝望你凌波的形象
而微笑。瞧,这个夏天的新神

衣袂飘举,如层层展开的自我的卷心

2017 年 3 月 16 日

高山流水

在他未弹奏之前,你就听见了
那正在他心中渐趋形成的声音。
仁者的胸怀"峨峨兮若泰山"
万物仰承阳春德泽,万木葱茏。

而智者的心起伏不定,"洋洋兮
若江河",随物赋形,变化万千
万变不离本性。那琴手走过
的道路,在他的弦上不断地伸延

海上孤独的日子,海水的汹涌
海鸥的尖鸣,垂天的巨翼,似乎
永不停歇,从他的腕底倾泻而出
直到他攀上了那无限的峰顶:

天下卷入他的袖中;他看着你笑
在你和他之间,是一个伟大的尊者
那引领高山流水的,也引领你和他

把你俩安置在同一根古老的弦上

高山的脉搏是他,流水的呼吸是你
你俩呼吸着同一个大宇宙的呼吸
你们是孤独的两个,又是神秘的合体
世代合奏着同一曲智和仁的颂歌

2017 年 3 月 17 日

浣溪沙

在山泉水清,出山泉水浊
　　　　——杜甫

你本可以把一生许给这一条清澈
的溪水,细软的沙子刺挠你的
足心,石板鱼轻啮你皓白的脚腕
春来江水如蓝,你也如你自己

若耶溪上,莎染的轻纱终年飘漾
苎萝山的桃花谢了又开,如月事
采莲的事不需要季节的提醒
然而,持戈的兵来了,你的莲舟

翻了。青山追随水路消失,从扇底
歌舞流出。被宠爱的身体不再
属于你自己,它是帝国的幻象
生于堕落的心,在王的眼里迷离

你爱过吗?这些送你走上不归路
的男人,越国的,吴国的,都是
棋盘上的棋子,你也是,无可选择
鸱夷浮江,或者泛舟五湖,这样的

结局有何不同? 一旦误入历史的
贼船,还有什么能还给你纯洁的
身、心? 醉了,就永远醉下去
所有人背叛你,你也把自己背叛

2017年3月18日

鱼游春水

鱼从哪里来？鱼往哪里去？
为什么有水的地方就有鱼？
为什么海的中心有美人鱼？
为什么山的中心有鱼化石？

鱼得水则生，水得鱼则灵。
龙是不必的，湖面上鱼鳞
一闪，人的心就开始疼痛。
鱼的一生仿佛一场永不停歇

的歌舞，胜过细腰的舞娘
最迷离的奉献。又那么脆弱，
离水即死，触网即死。人心
也如此，那最善变的市场上

被出卖者啊，爱逝去，心就死亡。

2017 年 3 月 19 日

河传

我感到死亡将被证实是一种幸福
——博尔赫斯

到南方去!到南方去!一声杜鹃
一声鹧鸪,一声声响彻最深的
庭院。青瓦屋檐下,琼花年年
开放,那细腰的女子最善于等待

两岸的青山告诉你,等待是第一位
耐心的皇帝,升华了青春的命运
而我善于冥想,就像你。江南的水呀
多变的心机,它微皱的心善于容纳

事物的影子出于玄想,我的爱出于
盛大的迷惑。来吧,把水引到御苑里
让堤岸栽满杨柳,让杨柳一直葱茏
到南方去,像一队向火焰致敬的仪仗

生命,只当它被用于浪费,才会激起
绚烂的光华。人的心思是一座迷楼
南方啊,是一个永远猜不破的谜!
烟雨中穿梭的玄鸟,发明了回字的

多少种写法?而更多的做爱的方法
期待被颓废者发明。更多的解谜的
方法,更多的死的方法,幽眇的命运
被另一个天堂秘藏。我听到裂帛之声

多动听啊!大好头颅,也如大好
江山,需要烽烟的点缀,惶惑的
沉迷的心思需要一曲凄厉的音乐
高山的怀抱需要白云掩映,我需要

一面镜子,照见那最好的日子如何
死去。不!去死,不是颤栗地死去
到江南去死,是一种庄严的仪式
需要一点点觉悟,还需要一点点

对虚无的天赋的敏感。自从伟大的死
被荆轲发明之后,人间的生命黯淡了

噢,不要再回到北方去吧,让我对
南方的钟情,成为一个绝世的传奇

骄傲的生命挑剔过所有活的细节
这燃烧的迷津！这无边的风景！
多么绚丽的收场！而你将紧紧跟随
我的榜样,带着对她的永世的倾心

2017 年 3 月 20 日

第三辑

量沙集

0(题词)

大野龙蛇飞舞
闪电不知迂回
诗要在最黑的地方
撞出火来

1

在卡夫卡的楼上或普鲁斯特的隔壁写作
足以让一个小作家窒息
鲁迅的学生没有一个像鲁迅

2

木头的中心是火
火的中心是寂寞的神

3

宇宙的马达
安在你的脉搏上
为你听诊的医生
听到了宇宙的心腹之患

4

鸟鸣如花
开在早晨的树上

5

鸟鸣叫出了一个天堂

6

在我梦中歌唱的鸟
当我醒来的时候
消失了踪影

7

一万年的长风吹我
高原的星辰密如蚁卵
雪山,这撕不烂的信仰之书
逼视人间的光

8

姐姐们都老了
我独自返回
空无一人的故乡

9

铁匠铺的火焰是冬天的心脏
就像猎豹是树林的心脏
怀抱炉火的人　打铁的人
以及怀恋往事的人

10

铜钉,铁钉
铜钉,铁钉
铁匠铺里铁匠们打铁千年
打出的还是一件件农具

11

每一滴雨里都有一个祈求
每一滴水里都有一个死亡

一千座树林的反对

一万个村庄的叹息

12

乌鸦的叫声近,布谷的叫声远

麻雀的叫声零零碎碎

13

麻雀的叽喳

围绕觅食

布谷鸟把青山

叫到我的梦里

14

花呀,花呀

一夜春雨

它们就这样开了

15

鸭子被洪水冲向下游
呷呷的呼救
她在岸上奔走
两者的心情一样紧张呢

16

鸭子跟着鹅下到河里
鸡在岸边候着
它们是一家子啊

17

农家的少女举着一树桃花
走在田间的时候是美的

当一个农人举着一树桃花
回家的时候,是悲哀的

18

家家铁将军
后院的水龙头被谁拧开
兀自流着山泉水

19

我看见槐花
像一串断线的珠子
连续落到地上

20

西湖:以苏小为表
以秋瑾为骨

以荷为呼吸

以梅为魂

21

心,多出的一朵玫瑰

爱情,多出的一个季节

比多出还多出的是一首诗

献给多出的一场火

22

春——孩子手心的小鹅

夏——荷叶上的露珠

秋——屋檐上的红柿子

冬——诗人的白头

23

小区内的紫薇一半开花了
还有一半沉默着
似乎对开花这事毫不关心

24

童年:有白杨和池塘的风景
寂寞夜晚的星星
我是其中一个的孩子
眺望过宁宙的边境

25

白驹大道上的落日
照耀南渡江里裸泳的人
早于台风之夜

母腹中的婴儿醒了

26

从大海学会抒情
成吨的闪电和风暴
从星空学会理性
无限的光赦免人生

27

梨树在秋阳中
开出最后的花朵
路人眼中
包头巾的少妇

28

阵雨中

木槿花一朵朵落下来
削薄了夏之光

29

自我的小小镜子
在大海面前
摔碎了

30

大海蔚蓝的台阶无限伸延
波浪柔软的双脚登上了
天堂的蹦床。跳跃是永恒的事业
哭泣,是欢乐的顶点

31

大海发明了恶

构成众生的梦境

32

松树上的白云
我送给离开的流水
松树上的雪
我留给池上的鹅

33

花朵:蜜蜂的祖国
井:影子的祖国
你的眼:光的祖国

34

鹭鸶啊,伸出你的脚
在空的弦上弹奏

盛世的哀音

35

在这个风雨如磐的夜晚
是谁把松涛的音乐
弹奏得如此悲壮呢

36

寒冬的夜里
父母和兄弟围着沉默的炉火
等待失时的归人
人人不愿错过拥抱的欢喜

37

我在山中写下的笔记
全都染上了山色

松明中的神啊,在火的舞蹈中
秀他的肌肉

38

莲,众生之恋
从淤泥中长出来
观音——从莲中长出来
地藏——回到淤泥中去

39

香雾缭绕中
佛祖看不见
跪着信仰的人

40

佛祖啊,满足这些祈祷者的愿望

是容易的,把他们引向善的道路
却是艰难,把他们引向智慧的道路
几乎令人绝望

41

风在我们的身外呼啸
年龄在我们的心内沉默

42

疏远猫狗和一切
与人类相似的东西
但你无法疏远
乌鸦和麻雀

43

你在人群中一眼就认出

那个离了婚的女人
孩子看到她的脸就哭了

44

她的眼中噙着一颗泪珠
多么危险啊
一个好世界就要破碎

45

我还没有习惯于被爱

46

爱情,霓虹闪烁的广场
深夜空无一人

47

为了让皇上满意
紫禁城的太监们
用皮纸糊了一个巨大的月亮
因为太阳他们已经有了

48

紫禁城的囚徒
屠杀妇孺的懦夫
作为孤家寡人
他看见帝国的日落

49

阁中帝子今何在
楚王台榭空山丘

流水的帝王,铁打的江山
你手执钢鞭,我挨打千年

50

信仰——井壁渗下的光
爱情——鱼塘的增氧机
道德——异乡的故事
祖国——谎言的悲惨的废墟

51

灯的心肠
温暖了人间

52

老人说:
云里的日头

瞎子的心

53

天堂,那些不安的灵魂
怀念起地狱的好时光
默默散开了

54

滚石填塞天地
一个西西弗斯
艰难攀升,如蚁影

55

有人习惯于在高处指点江山
我习惯于那无尽的风
提醒我人间的距离

56

望不见人间
他从梦中哭醒了
她迅速打开窗户
飞了出去

57

世世代代的羊群被屠杀
活着的羊对人类并没有戒心

58

她用哭泣洗刷了所有的耻辱
而你的哭泣只能招来耻辱

59

语言之人从世界路过
他从未与世界相遇
也从未进入世界

60

我不收藏自己

61

寸步难行,因为你不是蚂蚁

62

湖,亮出荒凉的内脏

土地,一架散架的坦克
我在明天的门前空空地喊话
引来昨天空洞的回响

63

旗帜追随着风
不,它追随自己
那追随风的
早被风刮到不知哪里去了

64

活过了那么多的死
我再也不怕活着

65

敌人的死亡也让我这么悲伤

66

一个坏念头如直升机盘旋
寻找轰击的目标
毒蜘蛛耐心地等候

67

他们试图制造一个无性的世界
换句话说,他们试图把世界
交给死亡来管理

68

浓雾遮住了伐木的声音
宽阔的河岸
遮住了刀斧手的身影

69

深夜狼嚎的秦始皇
也是一个诗人
商鞅和李斯在某一刻也是

70

鲁迅说:我所以活下去
大半不是为了我的爱人的福祉
而是为了不让我的敌人活得太自在

71

他拒绝移民
是为了在祖国的肚子里
留下一把好剪子

72

一个好价钱
让他们卖掉了
村口所有的大树

73

他完全在撒谎
人们用掌声配合他
这一幕上演了几千年

74

我讨厌在任何场合
鼓掌的人

75

他们用舔来忏悔
这是第五大发明

76

一枚分币的孤独
是退出流通的孤独
一尊菩萨的孤独
是被供奉的孤独

77

从他们的世界中减掉"我"
这世界的多米诺骨牌就倒了

78

即使面对上帝
我也要求思想的权利
爱与不爱的权利

79

比起那些登上峰顶的人
我更敬重
那个陪同伴下山的人

80

羿:这寂寞的人间
是我所爱的
所以我放弃了白日飞升

81

嫦娥:我飞升
是因我的灵魂是轻的
与他的不死药无关

82

如果我们是种子
就在土地里再见
如果我们是飞鸟
就在天空再见

83

如果我们是眼泪
就在大海里再见
如果我们是回声

就不必再见

84

果实的星星
是天空对大地的报答
诗歌的光
是精神对肉体的报答

85

在巴比伦的地狱景象中
天使迷醉
当他试图返回天堂的时候
他惊叫:我的翅膀,我的翅膀

86

我们的灵魂就是这个地狱

事实上,没有第二个地狱

87

不要用身体反驳我
身体是圣洁的
只有依靠它
我们才能想象天堂

88

沉睡的大陆噩梦连连
黑暗中航行
航灯被绞杀
一个梦屠戮另一个梦

89

他在仰望星空的时候

担忧着明天的股市

90

金钱是干净的
妓女是圣洁的
史蒂文斯说:金钱是一首诗
某人说:金钱就是人性

91

明天,我们会怀抱空虚
明天,我们会坐在路边哭泣
但今天属于美好的风声
但今夜属于爱情

92

戴胜:荣誉的冠冕

太沉重了

93

三千年的文火烤着我
我一直在火刑柱上

94

夜晚,河流无声地奔驰
死亡的广场接纳了它

95

闪电对黑夜的书写
被黑夜篡改

96

设想一个没有人类的世界
是多大的欢喜啊

97

你的面影从海上升起
在接近岸边的时候
变成懂事的女人:一种光
区分了日夜

98

我一生都在努力
拆除我们之间的墙
当我自以为成功的时候
惊觉我们之间隔着一整座大海

99

为自己的泪流尽了
为他人的泪刚刚开始

100

钉子说:捶打我吧
把我钉入无情的墙

101

风声已远
此去对岸
我心安宁

2016年6月—8月

附录

截句的可能①

收在这册子里的 102 首截句,都是在接到蒋一谈兄的约稿后,专门写作的。这些字数不到三千的东西,用了我前后三个月的时间。这三个月里,它就是我主要的工作。由此可见,截句并不易写,实际上,很多时候枯坐半日毫无所获。过去我也写过类似的东西,我的两本诗集《雪景中的柏拉图》和《鸟语林》各收录了其中的一部分。这类旧作在这个册子里一篇未收。

短诗的体制对于诗人的诱惑始终存在——如何在尽量少的篇幅内达成诗歌的震惊效果,面对这种挑战,多数诗人在一生的某个阶段都会有所尝试。事实上,类似的短诗写作在当代诗歌中一直没有断过。北岛的《太阳城札记》是一个起点,顾城也写过类似的东西,西川 20 世纪 80 年代发

---

① 这是作者为计划出版的截句单行本所写的编后记。这个截句集未出版。

在《滇池》上的《西氏春秋》也是一个尝试,海子、骆一禾名之为汉俳的也是,戈麦的《给今天》《短诗一束》也是。艾吕雅、博尔赫斯的短篇对上述诗人的同类写作或多或少都产生过影响。当然,北岛是例外,因为他写作《太阳城札记》的时候,博尔赫斯那类短诗还没有介绍到中国来。艾吕雅的《完全的歌》曾让我折服:"三匹马都是烈性/除了那面朝北方的/三条路都已迷失/除了那通向黎明的。"虽然只有四行,但具备了诗所应有的所有因素:音乐性、神秘、想象力、开放的意义。我心目中理想的截句应该达到这样的强度——它要像闪电一样,能够在最黑的地方撞出火来。

可见,截句并不是一个完全新的东西。然而,截句的命名和提倡仍然有其意义。把诗人和读者的目光聚焦到一种特殊的短制,无疑有利于这一体式的培育。一种自觉的写作总是胜于偶然的灵机一动。新诗没有贡献多少能够被记住的诗是一种由来已久的指责。这种指责有其诗学上的蒙昧之处,但也有其合理的一面。诗要进入民众,进入日常生活,需要能够被记住的诗和诗句。这是诗歌影响生活、改进语言的一个方面。截句为重建诗的记忆提供了重要的契机。新诗草创时期,也曾经有过小诗运动,而且产生了不小的反响,但囿于新诗自身的状况,并没有创造多少可以流传久远的诗。当时的很多名作,现在读来可能已索然寡味。现在提倡写截句,我觉得有更好的条件,新诗本身在诗体、语言、技艺、美学观念上都更成熟了,优秀的诗人也更多,所以可以期待截句运动有更好的前景。

　　但也不必急于求成,指望短时间内就出很多众口相传的杰作。从我看到的截句作品看——当然,我看得不多——我觉得截句的个性还没有完全显露出来。这个性我以为应当包括三方面,一方面是截句这一诗体相对于其他诗体的特性,另一方面是每一个诗人自身的个性,还有时代的个性。绝句不同于律诗,也不同于旧诗,这是绝句的个性;盛唐不同于晚唐,这是时代的个性;李白不同于杜甫,王维不同于王昌龄,这是诗人的个性。对截句来说,这三方面的个性都需要培育。截句应该有什么特点?具有哪些可能性?似乎还不能够在目前的作品身上得到充分展现。我的看法,截句应该有更广阔的可能,题材、风格、美学特征都还可以更多样。现在诗人们写得多少还有点拘谨,有点雷同,诗人的个性没有得到充分展现。臧棣的截句写得最有个性,但似乎还是其一般诗歌风格的延续,截句本身的特性还没有充分展现。其他诗人的截句也有这个问题。一些诗人的作品给我印象较深,但好像还是截自以往的诗,不是新的截句创作。在其截句集的后记中,臧棣把截句视为语言的行动、词语的动作,而对短诗的两种既有体式——俳句和警句——表现了警惕。作为个人的一种风格选择,这自然毫无问题,但如果把反俳句和反警句作为截句的美学原则,则无疑是对截句可能性的一种限制。我觉得对于一个新的诗体的实验,其实需要大家放开手脚去写,去试验,在大量试验的基础上,最后的成功应该是水到渠成的事情。

2016 年 8 月 28 日

图书在版编目(CIP)数据

天使之箭 / 西渡著. — 上海:上海教育出版社, 2020.7
(白鲸文丛)
ISBN 978-7-5444-9453-3

Ⅰ.①天… Ⅱ.①西… Ⅲ.①诗集-中国-当代
Ⅳ.①I227

中国版本图书馆CIP数据核字(2020)第093407号

责任编辑　曹婷婷　董龙凯
书籍设计　陆　弦

白鲸文丛
天使之箭
西　渡　著

出版发行	上海教育出版社有限公司
官　　网	www.seph.com.cn
地　　址	上海市永福路123号
邮　　编	200031
印　　刷	山东韵杰文化科技有限公司
开　　本	787×1092　1/32　印张 9.625　插页 4
字　　数	140千字
版　　次	2020年7月第1版
印　　次	2020年7月第1次印刷
书　　号	ISBN 978-7-5444-9453-3/I·0155
定　　价	59.80元

如发现质量问题,读者可向本社调换　电话:021-64377165